Sarah D. Littman

Krönchen, Chucks und sieben Zwerge

Sarah D. Littman

Krönchen, Chucks und sieben Zwerge

Übersetzung aus dem amerikanischen Englisch
von Ann Lecker

Boje

FSC
www.fsc.org
MIX
Papier aus verantwortungsvollen Quellen
FSC® C014496

Dieser Titel ist auch als E-Book erschienen

Titel der amerikanischen Originalausgabe:
»Charmed, I'm sure«

Umschlaggestaltung: Carolin Liepins, München
Satz: hanseatenSatz-bremen, Bremen
Gesetzt aus der Adobe Caslon Pro
Druck und Einband: GGP Media GmbH, Pößneck
Printed in Germany

ISBN 978-3-414-82494-3

5 4 3 2 1

Sie finden uns im Internet unter: www.boje-verlag.de

Für Cindy Beth Minnich – Lehrerin, verrückte Buchclub-Göttin und Freundin – danke, dass du mir geholfen hast, den Schlüssel für diese Geschichte zu finden … endlich!

Währenddessen hielt Schneewittchen Hof,
klappte die porzellanblauen Augen auf und zu
und wandte sich zuweilen an ihren Spiegel,
wie Frauen das so tun.

»SCHNEEWITTCHEN UND DIE SIEBEN ZWERGE«

VON ANNE SEXTON (1928–1974)

Kapitel 1

Jetzt ist es offiziell: Ich bin die totale Versagerin.

Vor dreißig Sekunden hat meine beste Freundin Katie verkündet, dass Quinn Fairchild sie zum Herbstball eingeladen hat. Letzte Woche hat Dave Theis meine andere beste Freundin Nicole gefragt. Und das bedeutet, dass von uns dreien nur noch ich kein Date habe.

Was das Ganze noch schlimmer macht, ist die Tatsache, dass ich die Alleinerbin von zwei der bekanntesten Persönlichkeiten in der Geschichte der Märchenwelt bin. Vielleicht habt ihr schon von ihnen gehört: Schneewittchen und Prinz Charming.

Das ist ein echt schweres Erbe. Vor allem, wenn man in die neunte Klasse der Manhattan-World-Themes-Highschool geht, in zwei Wochen ein Ball stattfindet und man keinen Begleiter hat.

Und das, obwohl man eine Mom hat, die so wunderschön war, dass ihre Stiefmutter Amok gelaufen ist, nur um wieder den Titel der Schönsten im ganzen Land für sich beanspruchen zu können – laut dem Urteil eines durchgeknallten sprechenden Spiegels. Und einen Vater von königlichem Blut, der buchstäblich auf einem weißen Pferd angeritten kam und den Stein ins Rollen brachte für: *Und sie lebten glücklich und zufrieden bis ans Ende ihrer Tage.*

Jep, wir reden hier von mir. Rosamunde White-Charming. Meine Freunde nennen mich Rosie.

Aber das ist jetzt nicht der richtige Moment, um in Selbstmitleid zu zerfließen. Jetzt ist der Moment, sich für Katie zu freuen, weil *sie* ein Date hat, nämlich Quinn Fairchild, in den sie schon seit Ewigkeiten verknallt ist.

»Das ist super!«, sage ich zu Katie. Und das ist es auch – für sie. Ich persönlich bin kein großer Fan von Quinn Fairchild. Er ist ein bisschen (okay, total) eingebildet. Aber wenn es Katie glücklich macht, mit ihm auf den Herbstball zu gehen, was wäre ich dann für eine Freundin, wenn ich mich nicht für sie freuen würde?

»Ich weiß!«, seufzt Katie. Ein verträumter Blick tritt in ihr Gesicht wie bei meiner Mom, wenn sie die märchenhafte Geschichte ihrer Begegnung mit Dad erzählt. »Auf diesen Tag habe ich gewartet, seit ich ihn zum ersten Mal in der sechsten Klasse gesehen habe. Und jetzt ist es endlich so weit.«

»Ich hoffe bloß, er ist die ganze Warterei wert«, erwidere ich.

Katies Miene wird schlagartig ernst.

»Mann, Rosie. Nur weil du kein bisschen romantisch bist, musst du Katie nicht gleich in die Suppe spucken«, regt sich Nicole auf.

»Das wollte ich gar nicht«, protestiere ich.

»Hast du aber«, blafft Katie. »Einen großen, schleimigen Batzen Spucke treffsicher mittenrein.«

»'tschuldigung«, murmele ich.

»Ist schon in Ordnung«, sagt Katie. Sie wirft mir einen besorgten, mitleidigen Blick zu. »Bist du gestresst, weil du noch kein Date hast?«

Da sie nicht ganz unrecht hat, kann ich auch genauso gut nach dem Rettungsring greifen, den sie mir zugeworfen hat.

»Ja. Wahrscheinlich.«

»Ich hab's! Du solltest mit Quinns Freund Hunter hingehen«, platzt Katie heraus. »Wär' das nicht toll, wenn wir ein Doppeldate hätten? Außerdem ist er süß, und ihr würdet auf Fotos klasse zusammen aussehen.«

Hunter Farthington ist der Starstürmer der Fußballmannschaft. Das Problem ist nur – er sitzt in Sozialkunde hinter mir, und auch wenn ich nicht bestreiten kann, dass er süß ist, ist er auch nicht gerade der Hellste an der Schule. So glaubt er zum Beispiel, dass die Bewohner von Dänemark immer noch *Wikinger* genannt werden.

»Na und?«, meint Katie, als ich ihr das erzähle und hinterherschiebe, dass es, oh doch, sein voller Ernst und kein Witz gewesen war und er sich sogar mit dem Lehrer gestritten hatte, weil er überzeugt war, im Recht zu sein. »Es ist ein Ball, keine Debattierrunde, Rosie.«

»Aber wir werden nicht nur die ganze Zeit tanzen. Ich habe ihm nichts zu sagen. Er redet über nichts anderes als Fußball und darüber, welche Promis er auf der Straße getroffen und so lange belästigt hat, bis sie ein Selfie mit ihm gemacht haben.«

»Tu einfach so, als würde es dich interessieren«, meint Katie. »Frag ihn, was er vom gestrigen Spiel hält. Dann ist es ganz egal, ob du von Fußball, Basketball, Hockey oder Baseball sprichst. Irgendwo findet immer irgendein Spiel statt.«

»Warum muss ich so tun, als würde ich seine Hobbys toll finden, nur damit er mich zum Ball begleitet?«, frage ich. »Sollte er nicht auch so tun, als wäre er an mir interessiert? Muss ich mich wirklich verstellen, damit mich ein Junge mag?«

»Du machst dir viel zu viele Gedanken, Rosie«, sagt Katie. »Das ist dein Problem. Betrachte es doch einfach mal so: Er ist ein Junge, er ist süß, und er kann tanzen. Greif zu, bevor es zu spät ist.«

Als wäre das so einfach.

»Wenn du mich fragst, wärst du mit Damien Wolfe besser dran«, wendet Nicole ein. »Er ist mehr dein Typ. Ihr würdet so ein süßes Paar abgeben.«

Damien hat mit mir Mathe. Er sitzt in der hintersten Reihe, und seine dunklen Haare streifen immer über den Kragen seiner Lederjacke, wenn er sich über sein Notizbuch beugt und mit schwarzem Stift konzentriert hineinkritzelt. Er zeichnet. Richtig gut sogar. Damien macht auf jeden Fall einen interessanten Eindruck. Es gibt da nur ein kleines Problem: Ich habe noch nie mehr als drei Worte mit ihm gewechselt. Er ist superstill, und ich musste noch nie mit ihm zusammenarbeiten. Also … ja. Ungefähr drei Worte. Vielleicht fünf. Und wir haben uns ein paarmal auf dem Gang zugenickt. Sein Haar schwingt hübsch vor und zurück, wenn er nickt – das muss ich ihm lassen.

Trotzdem …

»Woher *weißt* du, dass er mein Typ ist?«, frage ich Nicole.

»Er … ist es einfach«, sagt sie. Echt hilfreich. »Lad ihn zum Ball ein. Du wirst es nicht bereuen.«

Wenn man bedenkt, dass ich noch nie ein richtiges Date hatte oder gar in jemanden verknallt war, kapiere ich nicht, wie sie wissen kann, was »mein Typ« ist. Das weiß ich noch nicht mal *selbst*.

»Jetzt wo wir Rosies Date-Problem gelöst haben, können wir uns wieder auf die dringlichere Angelegenheit konzentrieren?«, fragt Katie.

»Und die wäre …?«, will ich wissen.

»Kleider shoppen«, verkündet sie. »Am Samstag. Ich brauche eure Expertenmeinungen.«

Mode ist nicht gerade mein Spezialgebiet, mit meinen Freundinnen abzuhängen aber schon.

»Ich bin dabei«, sage ich.

»Guter Plan«, stimmt Nicole zu.

So wie ich Katie kenne, wird sie diesen Einkaufsbummel bis in alle Einzelheiten und mit der Präzision eines groß angelegten militärischen Feldzugs planen. *Memo an mich: Zieh bequeme Schuhe an und bring Snacks mit.*

Während ich meinen Freundinnen lausche, wie sie über Ballkleider und Dates sprechen, wird mir bewusst, dass die Zeit verstreicht und ich keins von beiden habe.

In dem Moment beschließe ich, dass ich verzweifelt genug bin, um etwas zu tun, das ich mir eigentlich geschworen hatte, für alle Zeiten zu vermeiden, weil alle vorherigen Anläufe so kläglich gescheitert sind:

Ich werde meine Mutter um Rat bitten.

Kapitel 2

Als ich von der Schule nach Hause komme, sitzt Mom in ihrem Arbeitszimmer und schreibt an einem Artikel für ihre Website: *MärchenhafterLeben.com*.

Hier ist einer der typischen Posts, die man darauf finden kann: *Auch du kannst deinen Märchenprinzen treffen: 12 leichte Schritte, um es wahr werden zu lassen!* Ich habe den Artikel nicht gelesen, könnte ihn aber im Schlaf herunterbeten:

1) Charmante Männer lieben charmante Frauen! Achte auf deine Manieren!
2) Vergiss nie deinen Schönheitsschlaf! Der Schlafmützenblick bringt's nicht.
3) Feuchtigkeitspflege und Faltenreduzierung! Das Geheimnis frischer, makelloser »Haut wie Schnee« ist eine Nachtcreme, die am Ball bleibt.
4) Sei nicht schüchtern! Männer mögen selbstbewusste Frauen.
5) Lächele und strahle eine positive Einstellung aus! Prinzen stehen nicht auf mürrische Mädels!
6) Nimm CynCorp-Vitamine – hier auf *Märchenhaf-*

terLeben.com erhältlich –, um gesund zu bleiben. Niesen ist *nicht* sexy!

7) Lies die *MärchenhafterLeben*-Nachrichten und bleibe up to date. Du willst bei einem Date auf keinen Fall dumm erscheinen!
8) Einen Apfel täglich und keine Krankheit quält dich, und eine gute Figur behält man damit auch!
9) Mit dem Magischen Kamm™ ist dein Haar jederzeit seidig-glänzend und knotenfrei – beim Kauf eines Kamms erhältst du heute eine Allzeit-Schlank™-Miederhose kostenlos dazu!
10) Sei glücklich – Lachen ist ansteckend!
11) Mach mit unserem besonderen feuchtigkeitsspendenden, kussechten Rot-wie-Blut™-Lippenstift einen Kussmund für deine wahre Liebe. Dein Prinz wird für den Rest seines Lebens hin und weg sein!
12) Lebe glücklich bis ans Ende deiner Tage – und *MärchenhafterLeben.com* wird dir zeigen, *wie*!

Natürlich würde Mom *nie* posten, wie sie und Dad *wirklich* zusammengekommen sind:

1) Mach deine Stiefmutter fuchsteufelswild, bis ihr Rauch aus den Ohren kommt.
2) Überzeuge den Typen, der dich töten und ihr dein Herz bringen soll, dich gehen zu lassen und an deiner Stelle ein Reh abzumurksen. *(»Was? Du hast ihn*

überredet, Bambi *zu killen?*«, fragte ich, als ich jünger war, bevor ich wegen meiner Mutter, der Tierquälerin, einen Tobsuchtsanfall bekam.)

3) Lauf davon.
4) Brich bei jemandem ins Haus ein.
5) Lass deinen inneren Putzteufel raus und bring die dreckige Bude auf Vordermann. Obwohl es *nicht dein Haus ist und du nicht mal weißt, wer da wohnt.*
6) Lass dich darauf ein, als unbezahlte Haushaltshilfe für einen Haufen »größenbenachteiligter« Männer im Austausch gegen Unterkunft und Verpflegung zu arbeiten.
7) Obwohl das alles andere als schlau oder vorsichtig ist, kauf einen Kamm von einer wildfremden Person, weil du von deinem Äußeren besessen bist, auch wenn dich niemand sieht außer dem bereits erwähnten Haufen kurzer Kerle.
8) Stirb fast und lass dich von einem tollpatschigen, größenbenachteiligten Mann retten, der dir den Kamm versehentlich aus den Haaren schlägt.
9) Weigere dich, aus deinen Fehlern zu lernen, und kauf einer anderen wildfremden Person einen Apfel ab.
10) Ersticke an einem vergifteten Apfel und stirb. Lass dich in einem Glassarg bestatten, weil alle größenbenachteiligten Männer – ich zitiere – »dein bildhübsches Gesicht vermissen werden«. Was mehr

als abartig ist, denn wir haben in Bio gelernt, dass dein Körper dann anfängt zu verwesen. So … ekelhaft!

11) Warte, bis irgendein dahergelaufener Typ vorbeireitet oder fährt (vorzugsweise auf einem weißen Pferd oder in einem Sportwagen), der von deiner Schönheit so fasziniert ist, dass er den Sarg öffnet und dich einfach küsst (geht echt gar nicht, *stimmt's oder hab ich recht?*), dabei das vergiftete Apfelstück aus deiner Kehle löst und dich wie von Zauberhand aufweckt, weil du eigentlich gar nicht tot bist. Du hast nämlich nur supertief geschlafen, weshalb du tot gewirkt hast. Damit entschuldigt ihr das Ganze, und ihr bleibt beide bei dieser Version der Geschichte.
12) Leb glücklich bis ans Ende deiner Tage – und *MärchenhafterLeben.com* zeigt dir, wie! (Und verkauft dir eine Menge *Zeug*, das du zum Erreichen dieses Ziels brauchst …)

Dank der Investitionen des Fertigungskonzerns CynCorp haben meine Eltern ein lukratives Firmenimperium um die White-Charming-Marke und der Website *MärchenhafterLeben.com* herum aufgebaut. Mom hat ihre eigene Schönheits- und Anti-Aging-Produktreihe (*Damit bleiben Sie garantiert die Schönste im ganzen Land, egal, was der Spiegel sagt!* Behauptet jedenfalls das Werbevideo). Dad hat eine Sportartikel- und Luxusaccessoire-Kollektion. *(Stehlen Sie ihr Herz mit dem* Jägersmann-*Pfeil-und-Bogen-Set!* und *Sie wird sich auf den ersten Blick in Sie verlieben, wenn Sie Märchenprinz-Stiefel tragen.*) Dad kümmert sich um Vertrieb und Marketing. Er traut Mom nicht, wenn sie draußen unterwegs ist, weil sie Fremden gegenüber zu zutraulich ist.

Darüber streiten sie sich. Ständig.

»Das war einmal vor sehr, sehr langer Zeit!«, protestiert Mom.

»Genau genommen war es zweimal!«, ruft Dad ihr in Erinnerung. »Und du würdest immer noch in einem Glassarkophag umgeben von einem Haufen griesgrämiger Zwerge liegen, wenn ich nicht zufällig vorbeigekommen wäre.«

»Woher willst du das wissen?«, gibt Mom zurück. »Irgendwann wäre bestimmt irgendein *anderer* gut aussehender Prinz vorbeigekommen.«

Und dann wird Dad jedes Mal eifersüchtig, und die Fetzen fangen erst so richtig an zu fliegen, bis sie sich wieder mit einem Kuss versöhnen. *Kotz.*

Jedenfalls, nachdem ich mir einen Imbiss geholt habe, gehe ich in Moms Arbeitszimmer und fläze mich in den Sessel vor ihrem Schreibtisch.

Sie sieht kurz auf.

»Hallo, Schatz. Wie war's in der Schule?«

»Bildend«, antworte ich. Mom ist meine unverbindlichen Antworten auf ihre Fragen zur Schule gewohnt, und weil sie in ihre Arbeit vertieft ist, hakt sie nicht weiter nach.

Ich bin kurz davor, sie doch nicht zu fragen. *Sie ist beschäftigt … Ich will sie nicht stören.*

Außerdem können Moms Lösungen für meine alltäglichen Teenagerprobleme zu extrem peinlichen Situationen führen. Als ich ihr zum Beispiel einmal von meinen Unterleibskrämpfen erzählt habe, konnte sie nicht wie jede andere *normale* Mutter einfach sagen: *Hier hast du eine Wärmflasche und ein paar Ibuprofen*. Oh nein! Sie musste mich gleich in den Botanischen Garten von New York in der Bronx schleppen, in dem sie alles andere als unauffällig und völlig illegal Himbeerblätter, Schachtelhalm und Schafgarbe pflückte, um mir einen *Sud* zu brauen. Als ein Wachmann sie wegen des ausgerupften Grünzeugs anbrüllte, lächelte Mom ihn nur an, drehte das Strahlen ihres Schönste-im-ganzen-Land-Gesichts voll auf, zeigte dann auf mich und erklärte ihm, es würde sich um eine höchst dringliche Angelegenheit handeln, weil ich *Krämpfe* hätte. Dass sie das Wort »Krämpfe« im Flüsterton sagte, machte es auch nicht besser – ich wollte trotzdem vor Scham im Boden versinken.

Aber bis zum Ball ist es nicht mehr lange, und ich bin der Nachkömmling eines märchenhaften Traumpaars ohne Date. Und in der Not frisst der Teufel Fliegen.

»Mom, der Herbstball ist in zwei Wochen, und ich

habe noch kein Date gefunden. Hast du irgendwelche Ratschläge?«

Zwei magische Worte aus meinem Mund reichen, um ihre volle Aufmerksamkeit zu bekommen: »Ball« und »Date«. Oh, sogar drei: »*Ratschläge*«. Ihre ganze Website ist darauf aufgebaut, Leuten Ratschläge zu erteilen, wie sie ihr Leben auf märchenhafte Art leben können.

Mom mustert mich abschätzend. Wenn man mir in diesem Moment die Wahl geben würde, ob ich den sprechenden Spiegel meiner Stiefgroßmutter befragen oder mich dem Was-sollen-wir-bloß-mit-Rosie-machen-Blick meiner Mutter aussetzen will, würde ich mich sofort für den durchgeknallten Spiegel entscheiden. Und das, obwohl ich weiß, wie die Geschichte geendet ist.

»Oh, Rosamunde! Ich warte schon so lange auf diesen Tag«, sagt Mom und bekommt ganz feuchte Augen.

»Auf was für einen Tag?«, hake ich misstrauisch nach.

»Auf den Tag, an dem du mich endlich um Rat bittest«, antwortet sie. »Natürlich bin ich für dich da, liebste Tochter. Das bin ich immer und werde es immer sein. Und es gibt *so viel*, das wir tun können!«

Warum überkommt mich auf einmal der leise Verdacht, dass es womöglich nicht die klügste Entscheidung war, bei der führenden Vertreterin der »Sei dein bestes Ich, um das Beste aus ihm herauszuholen«-Philosophie Rat zu suchen?

Aber dann steht Mom hinter ihrem Schreibtisch auf und umarmt mich.

»Komm mit, Schatz. Ich möchte dir etwas ganz Besonderes schenken.«

Ich folge ihr aus ihrem Arbeitszimmer den Flur entlang zum Ankleideraum, der vom Schlafzimmer meiner Eltern abführt. Moms Ankleideraum ist größer als viele Einzimmerwohnungen in Manhattan. Kein Witz! Sie könnte ihn vermutlich für über 1500 Dollar im Monat vermieten.

Mom kommt in engen Räumen nicht gut klar – ich glaube, es hat was mit der ganzen Glassarg-Geschichte zu tun. Anscheinend musste sie jahrelang in Therapie und die spezielle angstlindernde Tinktur von Herb, dem Zwerg, zu sich nehmen, bevor sie den Aufzug in unsere Wohnung benutzen konnte, ohne eine schlimme Panikattacke zu bekommen. Als sie mit mir schwanger war, musste Dad sie einmal die Treppe hochtragen, und nach dem, was ich so gehört habe, gab er alles andere als charmante Dinge von sich, als sie es endlich bis vor unsere Wohnungstür geschafft hatten.

Außer Moms umfangreicher Kleider-, Schuh- und Accessoiresammlung befindet sich in ihrem Ankleideraum noch ein großer Spiegel mit Goldrahmen (er spricht nicht, soweit ich weiß, und darüber bin ich heilfroh, denn das hat meiner Stiefgroßmutter kein Glück gebracht – um es milde auszudrücken) und dahinter ein Safe.

Bei dem Märchenhintergrund meiner Familie würde

man meinen, dass sich der Safe nur mit irgendeinem Zauberspruch entriegeln lässt, aber statt »Abrakadabra« oder »Sesam, öffne dich« zu rufen, braucht man lediglich eine stinklangweilige Zahlenkombination.

Mom dreht am Schloss, macht den Safe auf und durchstöbert alle wichtigen Unterlagen, Pässe, Familienjuwelen (kein Witz, ich rede hier von echten *Kronen* und *Tiaren* und so 'n Zeug), bis sie einen kleinen schwarzen Samtbeutel findet.

Sie schließt den Safe wieder, klappt den Spiegel zurück an die Wand und dreht sich dann mit feuchten Augen zu mir um.

»Rosamunde, ich habe auf den richtigen Moment gewartet, um dir das hier zu geben. Und jetzt ist es so weit«, verkündet sie und hält mir den Samtbeutel hin.

Ich kann nicht anders als erneut festzustellen, was für eine Schönheit Mom ist, selbst wenn sie den Tränen nah ist. Ihre Tränen sind wie Swarovski-Kristalle und bringen ihre saphirblauen Augen zur Geltung. Ich frage mich, ob sie auch rote Augen bekommt und ihr Rotz aus der Nase läuft wie bei Katie, Nicole und mir, wenn wir traurige Filme schauen.

Der Samtbeutel schlüpft in meine Hand, schwer und warm. Ich öffne ihn, und heraus gleitet eine goldene Puderdose mit dem eingeprägten Familienwappen meiner Mutter. Sie ist mit Edelsteinen besetzt – Diamanten, Rubine, Smaragde und Saphire.

»Wow!«, entfährt es mir. »Die ist … wunderschön!«

Ich berühre einen Rubin mit der Fingerspitze. Ein inneres Feuer scheint in ihm zu lodern, aber der Stein ist kalt.

»Meinst du nicht, dass sie ein bisschen … na ja … zu *ausgefallen* für mich ist?«, frage ich Mom. »Sie ist bestimmt eine Menge Geld wert. Was ist, wenn ich sie verliere?«

Meine Mutter legt ihre kühlen schneeweißen Hände um mein Gesicht, ihre Fingernägel sind blutrot lackiert. (Was sonst?)

»Du bist eine Prinzessin königlichen Blutes, Rosamunde«, sagt sie. Ihr Blick senkt sich auf mein alles andere als prinzessinnenhaftes Outfit, das aus Jeans, T-Shirt und Chucks besteht. »Auch wenn du versuchst, dich hinter deinen schäbigen T-Shirts und diesen abgenutzten Turnschuhen zu verstecken, kannst du deine Herkunft nicht verleugnen. Es liegt dir im Blut, wie es so schön heißt.«

Ich habe keine Ahnung, was sie damit meint, aber die Klunker schlagen mich so in ihren Bann, dass ich keine weiteren Fragen stelle und die Puderdose aufklappe, die immer schwerer zu werden scheint, je länger ich sie in der Hand halte.

Die stinknormale Rosie White-Charming erwidert meinen Blick. Ich habe das braune Haar meines Dads und die blauen Augen meiner Mom. Der große Pickel an meinem Kinn ist leider ganz und gar meiner.

Wann wirst du versteh'n, du hast's in der Hand,

du kannst sie werden, die Schönste im ganzen Land.

Die Worte sind so leise, dass ich mir nicht sicher bin, ob ich sie wirklich gehört habe. Ich kann nicht fassen, dass ausgerechnet meine Mom mir diesen Spruch reindrücken würde.

»Wie bitte, was?«, frage ich.

»Ich hab nichts gesagt«, gibt Mom zurück. »Aber wenn du dich mal genau betrachtest, stimmst du mir bestimmt zu, dass ein wenig ...« Sie zögert und versucht, es charmant auszudrücken, »... *Styling* keine so schlechte Idee wäre.«

Schönste im ganzen Land ... Rosamunde ... Schönste im ganzen Land ...

Da ist es wieder. Ich sehe mich in Moms Ankleideraum um, aber außer uns ist niemand hier.

Es besteht kein Zweifel mehr: Ein Date für den Herbstball zu finden, treibt mich in den Wahnsinn.

»Also, was sagst du dazu, Rosie?«, fragt Mom.

»Wozu?«

»Meinen Vorschlag. Lass uns jemanden finden, der dir ein wenig bei deinem Styling hilft, damit du dich bei der Suche nach einem Date von deiner besten Seite zeigen kannst«, erklärt Mom. Sie hat ihr Telefon in der Hand und will gleich mit ein paar Anrufen loslegen, um den Verschönerungsprozess in Gang zu setzen.

»Kannst du *Styling* genauer definieren?«

»Nichts Weltbewegendes«, versichert sie mir. »Nur ein

paar winzig kleine Veränderungen. Ich schau mal, ob Philipe morgen Nachmittag einen Termin für dich frei hat. Ich werde ihm sagen, dass es ein Notfall ist.«

»Warte mal«, unterbreche ich sie, als sie gerade auf die Kurzwahltaste drücken will. »Warum geht es ständig darum, wie ich aussehe?«

Sie hält den Finger über der Handytaste in der Luft und sieht mich an, als wäre ich schwer von Begriff.

»Weil nur die Schönste von allen den Prinzen bekommt, Rosie«, erklärt Mom, als wäre ich drei Jahre alt und hätte mein ABC vergessen. »Denk daran, wie Dad und ich uns kennengelernt haben.«

Und wieder tritt ihr dieser verklärte Blick in die Augen, wie jedes Mal, wenn sie das Märchen erwähnt.

Als könnte ich das jemals vergessen.

»Als ich die Augen aufschlug und das Gesicht deines Vaters erblickte, wusste ich auf der Stelle, dass wir für immer zusammen sein würden.«

Jeder kennt die Geschichte meiner Eltern, aber niemand scheint sie so abartig zu finden wie ich. Jedes Mal, wenn ich mir vorstelle, ich würde irgendwo völlig weggetreten liegen und müsste beim Aufwachen feststellen, dass mich irgendein dahergelaufener Kerl küsst, schreie ich in Gedanken nur: »ÄKS, NEIN! NEIN! NEIN!« Wen interessiert's, dass er wirklich gut aussieht? Ich kapiere nicht, wie Romantik hier den Gruselfaktor wettmachen könnte.

Nicht zum ersten Mal frage ich mich, ob mit mir irgendwas nicht stimmt. Vielleicht bin ich so was wie eine Mutantin, der die romantische Ader vollkommen abhandengekommen ist.

»Aber … wie hast du schon nach einem Kuss gewusst, dass es wahre Liebe ist?«, lasse ich nicht locker. »Ich meine, du hast einfach Glück gehabt … Wir haben Glück gehabt … Dad ist toll, aber was ist, wenn er sich als der totale Vollidiot entpuppt hätte?«

Mom wirft den Kopf zurück und lacht. Ihr Lachen ist so melodisch wie Wasser, das leise klimpernd über geschliffenes Kristall fließt.

»Das würde auf keinen Fall passieren … Dein Vater ist ein *Prinz*.«

Mom lässt es so klingen, als wäre Dad allein aufgrund der Tatsache, dass er von königlichem Blut ist, unfähig, irgendetwas falsch zu machen. Aber ich lese nicht nur Märchen, sondern auch Geschichtsbücher. Und glaubt mir, es gibt Prinzen, die nicht annähernd so charmant sind wie Dad. Nicht mal im Traum. Richard, zum Beispiel, brachte seine beiden Neffen im Tower von London um, damit er König Richard III. von England werden konnte. Und dann gibt es noch diesen anderen englischen Prinzen, der König Heinrich VIII. wurde. Nur weil er zwei seiner Frauen nicht ausstehen konnte, ließ er ihnen den Kopf abschlagen. Also, wenn *der* kein Mann fürs Leben ist …

Aber Mom hat wieder diesen verträumt-naiven Ausdruck im Gesicht, und das bedeutet, dass es völlig zwecklos ist, ihr in diesem Moment mit Logik zu kommen.

»Ich kümmere mich darum«, sagt sie und drückt die Kurzwahltaste für Phillipe. »Mach dir keine Sorgen, Rosie. Wir werden schon jemanden auftreiben, der dich auf den Ball begleitet.« Sie lächelt mich an, ihr Turteltaubenblick immer noch unverändert. »Und irgendwann wirst du deinen eigenen Märchenprinzen finden.«

»Genau davor habe ich Angst«, murmele ich und fliehe in mein Zimmer, um selbst auf eine Lösung zu kommen.

Da mir meine Freundinnen keine große Hilfe dabei waren, ein Date zu finden, kann ich es auch genauso gut mit Technologie probieren, beschließe ich, sobald ich in meinem Zimmer bin.

»Wie finde ich ein Date?«, frage ich die Intelligente Persönliche Assistentin in meinem Telefon.

»Einen Moment bitte, ich überprüfe das kurz für Sie«, antwortet sie mit ihrer merkwürdigen, computergenerierten Stimme.

Sie findet drei Dating-Sites für Erwachsene. Eine ist sogar speziell für reiche Erwachsene, die auf Eliteuniversitäten waren. Nicht gerade die Art Date, mit dem ich auf den Herbstball gehen will.

Also entweder ist meine »Intelligente« Persönliche Assistentin gar nicht so schlau oder sie braucht ein Hörgerät.

Jedes Mal, wenn ich sie bitte, Nicole anzurufen, antwortet sie: »Nick ohne Hufen?«

Ich seufze, öffne meinen Laptop und gebe *Wie findet man in der Schule ein Date?* in die Suchmaske ein.

Tatsächlich spuckt die Suchmaschine eine Schritt-für-Schritt-Anleitung aus. Na, also! Wer braucht eine gute Fee, wenn man Internet hat?

Oder zumindest denke ich das, bis ich Schritt eins lese.

Sei charmant und witzig – aber übertreib's nicht mit dem Flirten, sonst hast du am Schluss einen Ruf, den du gar nicht willst. Sei selbstbewusst, aber nicht laut und schrill. Sonst halten dich Jungs für etwas, das sich auf Clique reimt.

Was soll das überhaupt heißen? Irgendwo sitzt bestimmt ein altes böses Weib in einem stillen Kämmerlein und denkt sich solche Sachen aus, um Mädchen, die kein Date haben, zu verwirren und in den Wahnsinn zu treiben. Ich kann mich nicht dazu durchringen, weiterzulesen. Das bisschen, das ich überflogen habe, reicht schon, damit ich mir wünsche, ich hätte doch eine gute Fee.

Der erste Märchenpaarsprössling ohne Date zu sein, kommt mir immer attraktiver vor. Aber jetzt, da ich Mom davon erzählt habe, bezweifle ich, dass mir diese Option noch offensteht.

Kapitel 3

Am darauffolgenden Tag schafft Mom es, mir nach der Schule einen Notfalltermin bei Phillipe zu besorgen, dem persönlichen Stylisten im *Très-Cher*-Kaufhaus, zu dem sie alle ihre exklusiven *Märchenhafter-Leben*-Abonnenten schickt. Daher gehe ich erst gar nicht nach Hause, sondern mache mich auf den Weg zu Starcups, um einen Skinny-Mokka zu trinken. Ich schnappe mir einen der Sessel neben dem Fenster und hole *Romeo und Julia*, mein Heft und einen Stift heraus. War ja klar, dass wir in Englisch ausgerechnet irgendein Liebe-auf-den-ersten-Blick-Stück von Shakespeare lesen, wenn ich gerade kein Date habe, oder?

Aber jeder weiß, wie die ach so *wahre Liebe* für diese beiden Turteltauben ausgegangen ist: tot und toter.

Ich würde nur zu gern allem Romantischen für immer und ewig abschwören, wenn ich nicht Rosie Charming wäre, die ein Familienerbe wahren muss. Außerdem muss ich bis Donnerstag drei Seiten über die verrückte, zum Scheitern verurteilte Liebe zwischen Romeo und Julia schreiben.

Romeo und Julia werden als »unglückselig Liebende« bezeichnet. Ich verstehe nicht, warum dieses Stück als romantisch gilt. Romeo ist ein unzuverlässiger und egoistischer Loser, und Julia verliebt sich nur in ihn, weil er gut aussieht und sie zu behütet ist, um es besser zu wissen. Erst verliebt er sich Hals über Kopf in Rosalinde und läuft mit seinen Montague-Kumpeln mit bedrückter Miene durch die Gegend, weil sie seine Liebe nicht erwidert, und im nächsten Augenblick – Bumm! Ein Blick auf Julia, und schon vergisst er, dass es Rosalinde überhaupt gibt, und klettert buchstäblich über Mauern, um mit Julia auf ihrem Balkon zu quatschen.

Da muss man sich doch fragen, ob Romeo überhaupt weiß, was wahre Liebe ist, oder ob er einfach nur in die Vorstellung davon verliebt ist. Es muss nur das nächste hübsche Mädchen vorbeikommen, und schon ist er bereit, seine Zuneigung auf jemand anderen zu übertragen.

»Oh, wie sie auf die Hand die Wange lehnt! Wär' ich der Handschuh doch auf dieser Hand, und küsste diese Wange!«

Ich sehe überrascht auf. Ist Romeo etwa hier irgendwo?

Ein Junge, der ungefähr so alt ist wie ich, steht neben dem Sessel mir gegenüber. Er ist groß und schlaksig und hat dunkles Haar, das ihm über die Augen fällt. Er trägt eine schwarze Röhrenjeans und ein T-Shirt mit einem mürrisch dreinblickenden Cartoon-Stinktier, das sagt: *Liebe stinkt*. Er schenkt mir auch ein Lächeln. Also der Junge, nicht das Stinktier.

Dann zeigt er auf mein Exemplar von *Romeo und Julia*.

»Was hältst du von dem Barden?«, fragt er.

Ich zucke mit den Schultern. »Geht so. *Ein Sommernachtstraum* hat mir besser gefallen. Ich bin kein großer Fan von Romeo.«

»Hast du was dagegen, wenn ich mich zu dir setze?«, erkundigt er sich.

Ich zucke noch einmal mit den Schultern. »Bitte.«

»Also, was hast du gegen meinen Kumpel R. Montague?«, will er wissen und legt einen Fuß lässig aufs Knie. Mir fällt auf, dass er coole geometrische schwarze Formen auf die Seiten seiner Chucks gezeichnet hat.

»Er behauptet, er wäre verliebt, aber wie kann er sich erst vor Liebeskummer wegen Rosalinde die Augen ausheulen und sich dann praktisch über Nacht unsterblich in Julia verlieben?«, frage ich. »Das ist doch absurd. Ich meine, jetzt mal im Ernst, wenn ich Julia wäre, würde ich dem Kerl nicht über den Weg trauen und mich erst recht nicht wegen ihm *umbringen*.«

»Vielleicht *dachte* er bloß, er wäre in Rosalinde verliebt«, erwidert der geheimnisvolle Shakespeare-Typ.

»Und was ist, wenn er nur *dachte*, er wäre in Julia verliebt, und das Gift getrunken hat, weil er eine männliche Emo-Drama-Queen ist?«

Der geheimnisvolle Shakespeare-Typ lacht und offenbart dabei, dass er erstens keine Zahnspange mehr trägt und zweitens schöne Zähne hat.

»Wow, du bist ein echt harter Brocken, Miss Ich-glaub-nicht-an-Romantik.«

Ich senke den Blick demonstrativ auf sein T-Shirt.

»Ich bin nicht diejenige, die ein *Liebe-stinkt*-T-Shirt trägt.«

»Erwischt«, gibt er mit einem Grinsen zu. »Und … was hältst du von Miss Julia Capulet?«

»Sie hatte nie die Chance, ein eigenes Leben zu leben. Sie ist so behütet aufgewachsen. Ich meine, das Mädchen hat immer noch eine Amme«, erkläre ich. »Und dann schmeißt sich dieser süßholzraspelnde scharfe Typ an sie ran … Also, auch wenn ich sie für bekloppt halte, gebe ich ihr nicht so sehr die Schuld wie Romeo.«

»Dann bist du also eine Männerhasserin, hm?«

»Bin ich nicht!«, protestiere ich. »Romeo ist einfach nur … oberflächlich und unreif.«

»Und du bist auch überhaupt nicht voreingenommen.«

Er fängt an, mir auf die Nerven zu gehen. Ich bin so was von *nicht* voreingenommen … Oder?

Ich überprüfe betont die Uhrzeit auf meinem Handy.

»Ich muss los«, sage ich, sammle meine Bücher ein und stecke sie in meine Tasche, ohne ihn anzusehen. »Ich hab …«

Dem geheimnisvollen Shakespeare-Typen werde ich auf keinen Fall erzählen, dass meine Mutter mir praktisch ein Komplett-Umstyling verordnet hat, damit ich ein Date für den Schulball finde.

»Ähm … einen Friseur…termin.«

»Hey, ich weiß, dass mich das nichts angeht«, sagt er, »aber ich … finde, dass dein Haar sehr hübsch aussieht, so wie es ist.«

Ich bin gerade dabei, mir meinen Rucksack auf die Schulter zu schwingen, und er prallt mir mit aller Wucht gegen die Hüfte, als ich mich dem fremden Typen überrascht zuwende. Jungs *sagen* so was nicht. Nicht im echten Leben. Nicht zu mir.

Ich habe keine Ahnung, was ich darauf erwidern soll. Und so stehe ich einfach nur wie ein Vollidiot da und betrachte sein Gesicht, das, wie ich bemerke, anfängt rot zu werden. Ich murmele »Muss los« und renne zur Tür.

Doch ich höre ihn noch rufen: »Warte – wie heißt …«, als die Tür zufällt und ich raus auf die Straße trete. Sosehr ich es auch möchte, ich blicke nicht zurück.

Phillipe, der Styling-Guru meiner Mom, teilt die Meinung des geheimnisvollen Shakespeare-Typen zu meinen Haaren nicht. Das Gleiche gilt für meine Klamotten. Und meine Haut. Und meine Nägel. Anscheinend gibt es nicht viel an mir, das Phillipe hübsch findet.

»*Quelle horreur!*«, sagt er. »Aber *ne t'inquiètes pas*, Mademoiselle Rosamunde. Wenn Phillipe mit dir fertisch ist, die jungen Männer, sie werden anste'en, um disch zum Ball einzuladen!«

Klasse. Mein Ruf ist mir vorausgeeilt. Offenbar weiß

Phillipes gesamtes Personal über meine mangelnden Datingaussichten für diesen Ball Bescheid.

Nicht nur das, sie haben auch schon eine Haarverschönerungsstrategie für mich ausgearbeitet. Aber obwohl es mein Kopf ist, habe ich scheinbar kein Mitspracherecht. Ich darf mich lediglich am Geruch von Chemikalien erfreuen und am Anblick meines Spiegelbilds, das einem Marsmenschen ähnelt, dessen Schädel mit gezwirbelter Alufolie übersät ist.

Ich mache ein Selfie und schicke es an Nicole und Katie.

Bin ich schon datebar?

LOL!, schreibt Katie zurück.

SCHAAARF!, meint Nicole.

Hab einen süßen, aber nervigen Typen im Starcups kennengelernt, teile ich ihnen mit.

OH MEIN GOTT! Du kannst doch keinen wildfremden Typen beim Starcups daten!, schreibt Katie sofort zurück.

Vorsicht vor unbekannten Männern!!!!!!!, warnt Nicole.

Keine Sorge. Ich bin nicht meine Mom, antworte ich beiden. *Ich hab ihm nicht mal gesagt, wie ich heiße.*

Braves Mädchen!, schreibt Katie. *Pass auf dich auf! Und schick uns auf jeden Fall die Nachher-Bilder.*

Mein Exemplar *Romeo und Julia* und mein Heft liegen auf meinem Schoß, weil ich dank des Starcups-Typen meinen Aufsatz nicht fertig geschrieben habe. Doch Phillipe knallt einen Stapel Hochglanz-Hairstyle-Zeitschriften darauf und befiehlt mir, nach Ideen zu suchen.

»Nur ein bisschen Spitzen schneiden«, bitte ich ihn. »Ich möchte nichts zu Ausgefallenes.«

Phillipe zuckt mit den Schultern und murmelt leise etwas vor sich hin. Er sagt es auf Französisch, und ich verstehe kein Wort, aber sein Tonfall klingt wie Moms, wenn sie mal wieder von meiner Klamottenwahl enttäuscht ist.

Dann wendet er sich an den Haarstylisten Giacomo und feuert maschinengewehrartig eine Salve Anweisungen auf Italienisch ab. Als ich in den Spiegel blicke, nicken beide zustimmend und lächeln. Mir ist klar, dass ich in großer Gefahr schwebe, weil ich auf diesem Stuhl mit gezwirbelter Alufolie auf dem Kopf feststecke und Giacomo die Kontrolle über die Schere hat.

Ich lege die Zeitschriften weg und schlage *Romeo und Julia* auf, um noch einmal die Abschnitte zu lesen, in denen sie sich kennenlernen, sowie die Balkonszene. Es dreht sich alles um Liebe auf den ersten Blick, genau wie beim Märchen meiner Eltern.

Ist das also die Lehre, die ich aus der ganzen Sache ziehen soll: dass man voller Leidenschaft und völlig ahnungslos sein muss, wenn man die Art Liebe will, über die Leute ihr Leben lang lesen wollen?

»*Das* ist der Grund, warum du in diesem Zustand bist, ma chérie!«, beklagt sich Phillipe und reißt mir Shakespeare aus den Händen. »Du verbringst zu viel Zeit mit der Nase in einem Buch und nischt genug Zeit, um die Pickel auf deiner Nase ansuse'en.«

Welche Pickel auf meiner Nase? Ich dachte, ich hätte nur welche am Kinn!

Ich blicke panisch in den Spiegel.

Phillipe hebt meine Hand und zeigt sie der Kosmetikerin.

»Tu, was du kannst«, sagt er im Tonfall wichtigtuerischer Tragik, die sonst Bestattungsunternehmern vorbehalten ist.

»Danach Make-öp«, befiehlt er. »Und dann Kleider.« Phillipe erschaudert noch einmal beim Anblick meines Outfits, in dem ich mich bis zu diesem Moment völlig wohlgefühlt habe. »Wir *müssen* etwas wegen deiner Kleider machen! *Quelle horreur!*«

Meines Buchs, einer Zeitschrift und sogar Musik beraubt, komme ich zu dem Schluss, dass ich mich genauso gut meinem Schicksal ergeben kann. Ich schließe die Augen und überlasse ihnen, Wunder zu bewirken.

Nachdem man mir die Farbe aus den Haaren gewaschen und mich wieder zum Friseurstuhl gebracht hat, höre ich schnippende Geräusche. Eine Menge schnippende Geräusche. Währenddessen säubert und poliert jemand meine Nägel, buttert meine Hände mit Feuchtigkeitscreme ein und steckt sie in gewärmte Fäustlinge. Dann fängt das Ziehen, Föhnen und Bürsten auf meinem Kopf an. Man nimmt mir die Fäustlinge ab und wischt meine Hände mit gewärmten Tüchern ab, und die Kosmetikerin weist mich an, die Hände stillzuhalten, während sie meine Nägel lackiert.

»Was glauben Sie denn, was ich machen werde? Ich kann mich doch sowieso nicht rühren, während Sie alle an mir herumhantieren, oder?«, gebe ich zurück.

»Die sollte mal ihren Charakter runderneuern lassen«, murmelt Giacomo.

Ich bin versucht ihm zu sagen, dass ich das gehört habe, lasse es aber bleiben, weil ich mich im Moment mehr wie ein Gerät in der Produktion fühle als wie Rosie White-Charming. Und Geräte sprechen nicht.

Als meine Nägel lackiert sind, gibt mir die Kosmetikerin die strikte Anweisung, mich nicht zu rühren. Und Giacomo verkündet, er sei fertig und ich könne die Augen aufschlagen, um zu bewundern, wie unglaublich *bella* ich jetzt aussehe.

»*Non!*«, schreit Phillipe. »Warte, bis sie Make-öp trägt, dann ist die Wirkung *parfait*!«

Wie eine brave Schaufensterpuppe rühre ich mich also nicht und halte die Augen geschlossen, während Kara, die Visagistin, zupft, grundiert, schminkt und pudert.

»So«, sagt sie, nachdem sie Lipgloss aufgetragen hat. »Viel besser.«

»*C'est formidable!*«, ruft Phillipe aus. »Niemand würde

auch nur ahnen, dass du dieselbe Mademoiselle bist, die vor'in dursch die Tür gekommen ist. Mach die Augen auf, und bewundere deine Verwandlung!«

Weil ich Angst habe hinzusehen, betrachte ich mein Spiegelbild mit zusammengekniffenen Augen. Oder zumindest was ich für mein Spiegelbild halte, denn das Mädchen da ähnelt mir kein bisschen. Ihr Haar ist durchgestuft, und goldene Strähnchen verleihen ihren braunen Locken einen strahlenden Glanz. Die Pickel an ihrem Kinn sind abgedeckt, ihre Haut hat einen gleichmäßigen taufrischen Teint, und rosige Wangen umrahmen ihre glänzenden pinkfarbenen Lippen.

Um ehrlich zu sein, jagt sie mir ein wenig Angst ein. Um *ganz ehrlich* zu sein, jagt sie mir eine Todesangst ein.

»Wow. Ich sehe aus, als könnte ich auf dem Cover von *Seventeen* oder *Teen Vogue* oder so erscheinen.« Ich lehne mich weiter zum Spiegel vor, um mich genauer zu betrachten.

»Nischt in diesem Outfit«, erwidert Phillipe verschnupft. Er deutet mit dem Kopf auf Giacomo, der mit einer ausschweifenden Bewegung den Friseurumhang wegzieht. »Komm mit. Wir müssen uns jetzt um deine Garderobe kümmern.«

Phillipe führt mich zu einem abgeschiedenen Ankleidezimmer in der Teenagerabteilung, wo seine Modelakaien bereits eine Auswahl an verschiedenen Outfits zusammengestellt haben, die ich anprobieren soll. Outfits, die kein bisschen wie Sachen aussehen, die ich sonst anziehen würde.

»*Ernsthaft?*«, frage ich, als Lakai eins das erste Outfit hochhält – einen Blumenminirock und ein wallendes pinkfarbenes Top. Dazu passende Ballerinas in meiner Größe. »Sie erwarten von mir, dass ich so was in der *Schule* trage?«

Phillipe stützt die Hände in die Hüften und betrachtet mich von oben herab über das Titangestell seiner sehr schicken Brille.

»Mademoiselle Rose … *willst* du ein Date für diesen Ball oder *nischt*?«

Lakai eins und Lakai zwei werfen mir beide denselben missbilligenden Blick zu.

»Ja, will ich«, seufze ich. Ich wünschte nur, es gäbe einen einfacheren Weg, eins zu finden.

Ich nehme das Outfit und ziehe mich ins Ankleidezimmer zurück, um es anzuprobieren. Meine eigenen Kleider auszuziehen fühlt sich an, als würde ich wie eine Schlange meine Haut abstreifen – zumindest die Haut, die noch keiner Make-up-Verwandlung unterzogen worden ist.

Als ich fertig umgezogen bin, ist das Mädchen, das mir aus dem Spiegel entgegenblickt, süß und adrett. Alles passt zusammen. Doch sie ist nicht ich. Ich meine, natürlich ist sie ich, ist ja klar, aber sie *fühlt* sich nicht wie ich an. Ich hole die kleine Puderdose heraus, die Mom mir geschenkt hat, damit ich mir das Outfit von hinten ansehen kann.

Alles läuft, wie wir's geplant.

Bald bist du die Schönste im ganzen Land …

Woher kam das denn? Sind mir etwa die Chemikalien, die sie beim Haarefärben benutzt haben, zu Kopf gestiegen? Es klang, als wäre die Stimme aus dem Spiegel in der Puderdose gekommen. Aber das kann nicht sein. Vielleicht verliere ich den Verstand, weil man mich einmal zu oft *dem Märchen* ausgesetzt hat?

Und wer möchte überhaupt die Schönste im ganzen Land sein? Also, ich nicht, das steht schon mal fest.

Ein Versuch ist es wert, meinst du nicht auch?

Vor allem, wenn Mamis Kreditkarte raucht …

O-kaaay, das ist jetzt mehr als abgefahren. Ist das irgendein schräger Reality-TV-Scherz, den mir meine Eltern spielen, um Werbung für *MärchenhafterLeben.com* zu machen? Zutrauen würde ich es ihnen auf jeden Fall. Wenn es darum geht, die Charming-Marke zu promoten, übertreiben sie es manchmal ein wenig.

Ich fange an, mich panisch im Ankleidezimmer umzusehen und nach versteckten Kameras zu suchen.

»Wir müssen noch viele andere Outfits anprobieren, Mademoiselle«, ruft Phillipe. »Passt dir das 'ier?«

Ich schüttele den Kopf, um wieder klar zu denken, klappe die Puderdose zu, stecke sie zurück in meinen Rucksack und öffne die Tür des Ankleidezimmers.

Zum ersten Mal an diesem Tag schenkt mir Phillipe ein strahlendes Lächeln der Anerkennung.

»*Parfait!* Jetzt siehst du wie eine würdige Erbin von *Mamans* Märchen aus«, sagt er und klatscht aufgeregt in seine kleinen Hände. Er gibt Lakai zwei ein Zeichen, der mir daraufhin ein anderes Outfit gibt, das genauso wenig *Ich* ist wie das vorherige.

Diesmal protestiere ich nicht. Ich nehme es einfach und tue, was man mir sagt.

Ich habe immer gegen *Das Märchen* rebelliert. Aber ich selbst zu sein hat mir nicht geholfen, ein Date zu finden. Vielleicht hat diese verrückte innere Stimme, die ich ständig höre, recht, und es ist Zeit, dass ich mir den Mythos zu eigen mache anstatt dagegen anzukämpfen.

Kapitel 4

Eigentlich hätten mir ein oder zwei Outfits gereicht, aber nachdem Phillipe mich gesehen hat, hat er Mom angerufen und sie überzeugt, dass ich wegen meines »fürschterlischen Geschmacks« eine komplett neue Garderobe bräuchte – mit genauen Anweisungen, womit man jedes Kleidungsstück trägt. Anscheinend bin ich »eine Gefahr für mein modisches Ich«. Die Lakaien machen in jedem Outfit Fotos von mir und dann noch mehr Fotos, um mir zu zeigen, wie ich verschiedene Kleidungsstücke miteinander kombinieren kann. Nichts wird meiner Fantasie überlassen, »weil, *ma petite*, wenn wir ganz ehrlisch sind, ist deine Fantasie in Sachen Mode … sagen wir mal … nischt vor'anden?«, erklärt mir Phillipe.

Da ich beschlossen habe, nicht zu rebellieren und mir den Mythos zu eigen zu machen, ignoriere ich seine Beleidigung und beiße mir auf die Wange, damit mir keine freche Antwort rausrutscht. Ich schaffe es sogar, ein Lächeln anzudeuten.

»Wahrscheinlich liegt es daran, dass ich zu viel Zeit mit Lesen verschwende«, erwidere ich süßlich.

Na gut, so ganz kann ich mich nicht am Riemen reißen. Nobody's perfect.

Phillipe fällt es nicht mal auf.

»*Absolument!*«, stimmt er mir zu, und die Lakaien nicken wie zwei identische Wackelköpfe.

Sie haben mich tatsächlich ernst genommen, als ich gesagt habe, Lesen wäre Zeitverschwendung. Dieser Tag wird mit jeder Minute surrealer.

Die Lakaien packen mir für eine ganze Woche Outfits ein, die ich gleich mit nach Hause nehmen kann, und Phillipe lässt den Rest nach Hause liefern. Meine Jeans und mein T-Shirt darf ich nicht wieder anziehen.

»Wenn es nach mir ginge, würden die im Mülleimer landen, aber da es nischt nach mir geht, verbiete isch dir, so was jemals wieder anzuzie'n außer bei dir zu 'ause. Nie und nimmer in der Öffentlischkeit.«

So wie er sich allein bei dem Gedanken aufregt, dass ich meine Jeans in der Öffentlichkeit oder »Öffentlischkeit« tragen könnte, mache ich mir ernsthaft Sorgen, ich könnte, falls ich einen modischen Rückfall erleide und mit meiner Jeans ausgehe – oder aus Versehen das Oberteil eines Outfits mit dem Rock oder der Hose eines anderen kombiniere –, Phillipes Welt so aus ihrem kosmischen Gleichgewicht bringen, dass er zu einem bebenden Haufen gallischer Pampe implodiert.

Die Verantwortung lastet schwer auf meinen Schultern.

»Jetzt geh, *ma chérie*«, sagt Phillipe und küsst eine meiner Hände, während Lakai zwei hereinkommt und die schwere Einkaufstüte in meine andere legt. »Mach uns stolz.«

Ich lächele schwach und verspreche, mir Mühe zu geben. Phillipe erinnert mich an meine Haltung. »Schultern zurück, Brust raus!«, befiehlt er und schickt mich auf den Weg.

Kaum habe ich die Drehtüren von *Très Cher* passiert, ist auch schon irgendetwas anders. Erst nach drei Blocks komme ich darauf, was genau. In der Schule gehöre ich zwar zu den Begabteren, aber wenn es um solche Sachen geht, gebe ich gerne zu, dass ich keinen blassen Schimmer habe.

Als Erstes fallen mir die lächelnden Gesichter auf. Wie jeder gebürtige New Yorker weiß, lächeln Leute nie während der Hauptverkehrszeit, vor allem lächelt niemand einen Teenager mit Rucksack und großer Einkaufstüte an, der ihr Vorankommen zur nächsten U-Bahn-Station behindert. Aber Leute *lächeln* mich an. Ich frage mich, ob ich irgendwie komisch aussehe – vielleicht habe ich aus Versehen meinen Rock in meine Unterhose gesteckt, als ich vorhin bei *Très Cher* auf dem Klo war.

In einem Schaufenster werfe ich einen Blick auf mein Spiegelbild und erschrecke. Nicht weil mein Rock aus Versehen in meiner Unterhose steckt, sondern weil das Mädchen, das ich sonst gewohnt bin zu sehen, nicht da ist – und das Mädchen, das ich sehe, ist vermutlich jemand, den ich auch abchecken würde. Sie hat etwas an sich, das Blicke auf sich zieht.

Die Schönste im ganzen Land …

Ich schüttele den Kopf und wende mich von meinem Spiegelbild ab. Warum höre ich ständig Stimmen? Vielleicht wirken sich die Chemikalien von den Strähnchen tatsächlich auf mein Hirn aus. Oder vielleicht bin ich allergisch auf Make-up. Egal, was es ist, es jagt mir eine Wahnsinnsangst ein.

»Hey, was geht?«

Ein Typ, der etwa in meinem Alter ist, fängt an, neben mir herzulaufen und mit mir zu reden, als würden wir uns kennen, nur habe ich ihn noch nie getroffen.

»Äh … nicht viel«, antworte ich, werfe ihm einen kurzen Blick zu und schaue weg.

»Wie war dein Tag so?«, fragt er.

Warum will er das wissen? Warum interessiert ihn das? Wir haben uns vor gerade mal fünf Sekunden kennengelernt. Und eigentlich haben wir das nicht mal.

»Okay«, sage ich. Na ja, außer dass mich lauter Leute in der Hauptverkehrszeit anlächeln, was merkwürdig ist, und jetzt irgendein fremder Typ mit mir spricht, was noch merkwürdiger ist.

Ich würde ihn am liebsten links liegen lassen und hoffe, dass er gleich verschwindet, aber ich kann die Stimme meiner Mutter hören, die sagt: *Charmante Männer mögen charmante Frauen. Achte auf deine Manieren!* Deshalb frage ich ihn, wie *sein* Tag war, obwohl mich die Antwort nicht unbedingt interessiert, weil ich den wildfremden Typen, der neben mir herläuft, *nicht mal kenne.*

»Großartig, seit ich dich gesehen habe«, erwidert er, schiebt sich mit der Hand theatralisch das Haar nach hinten und entblößt seine Zähne in einem breiten Lächeln, das aussieht, als würde er für eine Zahnpastawerbung vorsprechen.

Da kann ich mich nicht mehr zurückhalten, gebe ein kurzes, lautes Prusten von mir und lache lauthals. Mit der Reaktion hat er offenbar nicht gerechnet.

»Na schön, wenn du meinst«, knurrt er, bevor er mir ein nicht sonderlich nettes Schimpfwort an den Kopf wirft. Dann stapft er davon und überquert bei Rot die Straße.

Was meine ich?, frage ich mich. Ist es meine Schuld, wenn ich lachen muss, weil er einen Spruch wie aus einer superkitschigen Liebeskomödie loslässt?

Geschenkt. Ich beschließe, den Blick nicht vom Gehsteig zu heben, um jeglichen Augen- oder Lächelkontakt zu vermeiden, bis ich unseren Wohnblock erreiche. So fühle ich mich sicherer.

Victor, der Portier, steht unter der Markise und geht seiner Lieblingsbeschäftigung nach: vorbeilaufende New Yorker in ihren unterschiedlichen Outfits beobachten. Schon seit meiner Kindheit hänge ich total gerne mit ihm ab und lausche seinen Beurteilungen. Er hat immer Schokobonbons in der Tasche und teilt sie nur zu gerne mit mir.

»Hi, Victor«, sage ich, dankbar, dass ich es ohne weitere merkwürdige Vorfälle bis nach Hause geschafft habe.

»Guten … Tag?«, antwortet er und sieht mich fragend an, als wäre er sich nicht sicher, wer ich bin.

Was? Dieser Mann kennt mich seit dem Tag, an dem mich meine Eltern vom Krankenhaus nach Hause gebracht haben.

»Victor, *ich* bin's, Rosie! *Rosie Charming.*«

Bei dem Ausdruck in seinem schnurrbärtigen Gesicht, als er schließlich kapiert, wer ich bin, muss ich beinahe laut loslachen.

»Meine Güte, Miss Rosie, ich habe Sie in diesem schicken Aufzug gar nicht wiedererkannt! Sie sehen … wie eine junge Dame aus.«

»Ja, der Stil ist ein bisschen anders, oder?«, sage ich und versuche, die Verlegenheit zu überspielen. »Mom meinte, ein wenig ›Styling‹ würde mir guttun.«

Ich mache Anführungszeichen in der Luft, weil ich nicht will, dass er glaubt, ich würde diese ganze Umstyling-Geschichte zu ernst nehmen.

»Aber ich bin immer noch die Alte«, versichere ich ihm.

»Natürlich sind Sie das, Miss Rosie«, erwidert er. »Sie sehen bezaubernd aus.«

Er greift in seine Tasche, als würde er mir wie immer

ein Schokobonbon anbieten wollen, hält dann aber inne und schüttelt den Kopf.

»Süßigkeiten sind jetzt wohl nicht mehr kultiviert genug für Sie, Miss Rosie.«

Er klingt traurig.

»Nie im Leben!«, protestiere ich. »Für Schokobonbons werde ich nie zu alt oder zu kultiviert sein.«

Victor lächelt und reicht mir ein Bonbon wie sonst auch. Nach all den seltsamen Dingen, die passiert sind, seit ich das Kaufhaus verlassen habe, hat das etwas Tröstliches.

»Danke, Victor. Bis morgen!«

Ich steuere auf den Aufzug zu, aber als ich zurückblicke, starrt er mir hinterher und schüttelt den Kopf, als könne er es immer noch nicht fassen, dass ich dasselbe Mädchen bin, das er seit seiner Geburt kennt.

Die Aufzugtür öffnet sich, und die Person, die ich im Aufzugspiegel erblicke, jagt mir nach wie vor Angst ein. Schnell kehre ich ihr den Rücken zu. Dann drücke ich auf den Knopf für unsere Etage und richte den Blick fest auf die Aufzugtür in der Hoffnung, dass sie bald wieder aufgeht, damit ich Spiegelmädchen entfliehen kann.

Schönste im ganzen Land …

Nein. Hör auf. *Lalalalalalalala!* Ich höre dich nicht! *Lalalalalalalala!*

Sobald sich die Aufzugtür öffnet, ergreife ich die Flucht und stürme in unsere Wohnung.

»Hi, ich bin zu Hause!«, rufe ich.

»Rosie, komm!«, befiehlt Mom, als wäre ich ein Welpe in der Hundeschule. »Zeig uns, wie Phillipe dich verwandelt hat.«

Ich lasse meine Tasche vor der Küche auf den Boden fallen, atme tief durch und marschiere ins Wohnzimmer.

Weder die lächelnden Gesichter in der Hauptverkehrszeit noch die Tatsache, dass mich ein wildfremder Kerl angebaggert hat, haben mich auf Dads Reaktion vorbereitet.

»Rosamunde White-Charming! Was hast du mit dir angestellt?«

Er sieht wie ein missbilligend dreinblickender Schuldirektor aus und nicht nur, weil ihm seine Lesebrille auf der Nasenspitze sitzt. Ja, meine Damen, tut mir leid, Sie enttäuschen zu müssen, aber es stimmt. Seit seinem vierzigsten Geburtstag trägt er eine Lesebrille. Sogar Prinz Charming ist nicht gegen die verheerenden Auswirkungen von Alter und Zeit immun.

»Entspann dich, Ivan«, sagt Mom, legt ihm eine Hand auf den Arm und tätschelt ihn, als wäre er ein nervöser Schäferhund. »Sie sieht bildhübsch aus. Wer braucht eine gute Fee, wenn ich *MärchenhafterLeben*-Phillipe zu bieten habe.«

Ihr tritt dieser »Aha!«-Ausdruck, den ich nur allzu gut kenne, ins Gesicht.

»Das wäre ein prima Werbeslogan. Wo sind mein Schreibblock und mein Stift?«

»Benutz einfach die Voice-Memo-Funktion auf deinem Handy, Mom«, sage ich zu ihr. »Dafür ist sie da.«

»Gute Idee«, erwidert sie.

Natürlich braucht sie fast genauso lange, um die App zu finden, ihre Funktionsweise auszutüfteln und ihren Geistesblitz aufzunehmen, wie ich dafür gebraucht hätte, in die Küche zu gehen und ihr einen Block und einen Stift zu holen. Und in der Zwischenzeit stehe ich wie eine *Très-Cher*-Schaufensterpuppe herum, während Dad mich mit betretenem Schweigen mustert.

Als Mom damit fertig ist, ihren Werbeslogan aufzuzeichnen, betrachtet sie mich noch einmal.

»Vielleicht sollten wir deine Vorher-Nachher-Fotos auf der Website posten. Es wäre ausgezeichnete Werbung für Phillipes Talent.«

»AUF KEINEN FALL!«, schreie ich.

»NUR ÜBER MEINE LEICHE!«, brüllt Dad gleichzeitig.

Zumindest sind wir uns bei einer Sache einig.

Mom starrt uns an, als hätten wir den Verstand verloren.

»Was ist los mit euch beiden?«, will sie wissen, wobei ihre Stimme diese trügerische Liebenswürdigkeit annimmt, hinter der sich ein eiserner Wille verbirgt.

»Wir werden auf keinen Fall Bilder von Rosie in diesem Aufzug auf die Website setzen«, erklärt Dad.

»*Was* für ein Aufzug?«, fragt Mom. »Willst du etwa damit sagen, dass sie nicht bildhübsch ist?«

Hallo, Eltern? Ich stehe direkt vor euch!

Dad wirft mir einen Blick zu und schenkt mir ein kleines Lächeln.

»Schatz, du siehst bezaubernd aus. Wirklich. Absolut atemberaubend.« Er klingt ziemlich aufrichtig. Aber dann fügt er hinzu: »Es ist nur …«

Da will ich mich nur noch unter einen Stein verkriechen. Es ist nur *was?*

»Es ist nur so, dass dein Vater nicht mit der Tatsache klarkommt, dass sein kleines Mädchen erwachsen wird«, wirft Mom gereizt ein. »Er hätte nur zu gern, dass du bis in alle Ewigkeit wie ein halber Junge rumläufst und in deinem ganzen Leben kein einziges Date hast.«

»Das ist unfair!«, sagt Dad.

»Habe ich nicht recht?«, gibt Mom zurück und zieht fragend die mitternachtsschwarzen Augenbrauen hoch. »Was ist eigentlich dein Problem?«

»Ich … ich …«, stammelt Dad.

»Ich gehe in mein Zimmer«, teile ich beiden mit. »Sagt Bescheid, wenn ihr euch fertig gestritten habt.«

»Wir streiten uns nicht. Rosie, Liebes, wir *diskutieren*«, wendet Mom ein.

»Wie du meinst. Ruft mich einfach, wenn's Abendessen gibt.«

Ich schnappe mir meinen Rucksack und die Einkaufstüte und steuere auf mein Zimmer zu. Sobald ich die Tür hinter mir geschlossen habe, seufze ich laut auf. Zum

Glück sind Nicole und Katie online, und ich kann mit ihnen im Gruppenvideochat reden.

»Moment mal … Bist du das wirklich?«, fragt Nicole. »Rosie Charming?«

»Ja, ich bin's«, seufze ich.

»*Hammer!*«, ruft Katie aus. »Du siehst so … anders aus!«

»*Gut* anders oder *schlecht* anders?«

»Fantastisch«, sagt Nicole.

»Absolut«, stimmt Katie ihr zu. »Deine Haare sind unglaublich. Und dieses Outfit ist supersüß.«

»Da, wo das herkommt, gibt es noch viel, viel mehr«, sage ich und halte die Einkaufstüte hoch.

»Zeig's uns!«, kreischt Katie.

Zu meinem Glück haben die Lakaien jedes Outfit getrennt in Papier eingewickelt, sodass ich mir nicht die Peinlichkeit antun muss, mein Telefon herauszuholen und die Bilder zu checken, damit ich die einzelnen Kleidungsstücke auch wirklich richtig miteinander kombiniere.

»Einsame Spitze«, sagt Nicole.

»Finde ich auch!«, stimmt Katie ihr zu.

Die nächsten drei Outfits finden sie genauso toll.

»Ich kann nicht fassen, dass dir deine Eltern alle diese Klamotten auf einmal gekauft haben«, meint Katie seufzend, als ich das letzte Outfit aus der Tüte hochhalte. »Es ist wie ein wahr gewordener Traum.«

Ich beschließe, ihnen nichts von den ganzen anderen Kleidern zu erzählen, die noch geliefert werden.

»Ja, total«, pflichtet Nicole ihr bei. »Und auch noch von *Très Cher*. Ich kann mir nicht mal vorstellen, wie viel das alles gekostet haben muss.«

»Mom bekommt einen Sonderrabatt«, sage ich, obwohl ich nicht weiß, ob das überhaupt stimmt. »Ihr könnt euch Sachen ausleihen.«

Katie lächelt. »Den Blumenrock darf ich mir als Erste ausleihen«, sagt sie. »Er ist so hübsch.«

»Findet ihr …« Ich zögere, weil ich Angst habe, laut auszusprechen, was mich stört.

»Was?«, fragt Nicole.

»Sehe ich immer noch wie ich aus?«, will ich wissen. »Ich meine, findet ihr diese ganze Umstyling-Geschichte okay?«

»Du siehst toll aus!«, versichert mir Katie. »Du siehst wie du aus, nur … keine Ahnung … eleganter. Mit mehr Schliff. Als würde man dich für eine Hochglanzzeitschrift fotografieren. Als würdest du aus einer Menge von Leuten herausstechen.«

Genau davor habe ich Angst …

»Wie fühlst *du* dich dabei?«, fragt Nicole.

Ich habe mit der edelsteinbesetzten Puderdose von Mom rumgespielt, und jetzt öffne ich sie, um mich zu betrachten.

Die Schönste im ganzen Land … Steh dazu.

»Keine Ahnung«, sage ich und fühle mich auf einmal zum Spiegelbild meines neuen Ichs hingezogen wie ein Bär zum Honig.

»Na ja, so lange du glücklich bist – das ist das Einzige, was zählt«, meint Nicole.

Du bist die Einzige, die zählt, Schönste im ganzen Land.

»Ich muss los«, sage ich und kann den Blick nur mit Mühe von meinem neuen Ich losreißen, um mich bei meinen Freundinnen zu verabschieden. »Bis morgen.«

Ich klappe energisch die Puderdose zu und verbringe den Rest des Abends damit, mein Spiegelbild zu vermeiden.

Am nächsten Morgen entschuldigt sich Dad beim Frühstück noch einmal bei mir. Es ist genauso peinlich wie beim Abendessen gestern.

»Schatz, bitte entschuldige noch einmal wegen gestern, als du nach Hause gekommen bist. Ich wollte nicht, dass du dich irgendwie …«

Ich bin mehr als gewillt, den Satz für ihn zu beenden.

»Unbehaglich fühlst? Wie ein Idiot? Wie ein Volltrottel?«

Dad wird rot. Mom wirft ihm ein Siehst-du-Grinsen zu.

»Nichts von alledem.« Er seufzt und nimmt meine Hand. »Deine Mom hat wohl recht, wie immer … Na ja, außer wenn es um die Gefahren geht, die von wildfremden Menschen ausgehen. Ich bin noch nicht so weit zu akzeptieren, dass meine kleine Prinzessin erwachsen wird.«

Auch wenn ich meinen Dad liebe, ist es noch *viiiiiel*

zu früh am Morgen, um so rührselig zu werden. Ich ziehe meine Hand weg.

»Mann, Dad, es ist nicht so, als würde ich morgen heiraten. Ich will einfach nur ein Date für den Herbstball.«

»Wenn dich die Jungs an deiner Schule nicht fragen, sind sie ganz offenbar Idioten«, meint Dad. »Stimmt's, Schatz?«

Aber Mom ist damit beschäftigt, ihren ersten Bio-Frucht-und-Seetang-Smoothie des Tages mit gefiltertem Quellwasser zu mixen. Sie wechselt zwischen Seetang und Heilziest ab.

Eine Mischung aus Land und Meer sorgt für Ihre ganzheitliche Ausgeglichenheit, genau wie Mutter Natur es beabsichtigt hat!, behauptet der Artikel, den sie darüber auf *MärchenhafterLeben.com* geschrieben hat, *inklusive köstlicher Smoothie-Rezepte!*

Ich habe ihre Gesundheitsshakes ausprobiert, und wenn ihr mich fragt, ziehe ich ein leckeres Stück Pizza Ausgeglichenheit vor.

Als ich mich hinsetze, erhasche ich einen Blick von meinem Spiegelbild in dem polierten Chrom des Toasters. Mir ist mein Spiegelbild noch nie so oft ins Auge gefallen.

Bisher warst du ja auch kein besonderer Anblick.

»Mom, kann ich ein wenig von deinem Smoothie haben?«, höre ich mich fragen.

Dad legt mir seine von der Kaffeetasse gewärmten Finger auf die Stirn.

»Geht's dir gut, Rosie? Du hasst das Zeug doch!«

Er lehnt sich zurück, nimmt seine Tasse wieder und grinst. »Hat Phillipe nicht nur deine Haare, sondern auch deine Gedanken verwandelt?«

Das frage ich mich langsam auch.

Kapitel 5

Beim Obststand in der Nähe der Bushaltestelle besorge ich mir einen Apfel fürs Mittagessen. Mom hat Äpfel aus unserem Haushalt verbannt, weil sie nach dem Nichtganz-tot-Vorfall eine heftige Abneigung gegen sie entwickelt hat – auch wenn sie es einem Apfel zu verdanken hat, dass sie Dad kennengelernt hat und jetzt glücklich bis ans Ende ihrer Tage lebt.

Das ist echt übel, denn Dad und ich lieben Äpfel, vor allem Apfelkuchen mit Vanilleeis. Manchmal schleichen wir raus zum Café auf der Ecke East Seventy-Ninth Street, um einen Kuchen mit einer Kugel Eis zu essen. Die Kellnerinnen kichern jedes Mal wie kleine Mädchen, wenn sie Dad sehen, was ich supernervig finde, andererseits geben sie uns immer besonders große Stücke, was es fast wieder wettmacht.

Man würde meinen, Mom wäre ebenfalls gegen alles allergisch, das einem Korsett oder einem Hüftgürtel ähnelt, nachdem meine Stiefgroßmutter versucht hat, sie mit so einem Ding umzubringen, aber nein, *diesen* posttraumatischen Stress hat sie erfolgreich mit ihrer ausgesprochen lukrativen AllzeitSchlank™-Miederwäsche-Kollektion verarbeitet.

Obwohl ich im Bus keinen Platz bekomme, hole ich meinen *Romeo und Julia*-Aufsatz heraus, um ihn noch ein letztes Mal zu lesen, bevor ich ihn abgebe. Mrs Minnich erwartet vermutlich, dass ich wegen meiner Eltern schreibe, wie romantisch diese Geschichte doch ist, weil sie nicht versteht, dass ich *Romeo und Julia* gerade *wegen* meiner Eltern für völlig bekloppt halte. Vielleicht hätte ich einfach Begeisterung für wahre Liebe heucheln sollen, um eine Eins zu bekommen.

Na ja, dafür ist es jetzt zu spät. Ich seufze und versuche, das Papier zurück in meinen Rucksack zu stopfen, ohne es zu verknittern, was in einem überfüllten Bus während der Hauptverkehrszeit nicht einfach ist, das könnt ihr mir glauben.

Der Bus hält an der Ecke an, wo sich die Manhattan-World-Themes-Highschool befindet. Schüler bevölkern den Gehsteig und genießen ihre letzten paar Minuten Freiheit, bevor der Unterricht beginnt.

Gleich neben der Bushaltestelle steht Katies Date-Kandidat Hunter Farthington mit ein paar seiner Mannschaftskameraden vom Fußball. Quinn Fairchild, Katies neuer Freund, ist auch dabei. Nur für den Fall, dass irgendjemandem entgangen sein könnte, dass Hunter in der Fußballmannschaft ist, trägt er ein MWTHS-Fußball-Sweatshirt, hat eine Sporttasche des New-York-Red-

Bulls-Fußballclubs über der Schulter und versucht, einen Fußball auf dem Finger zu drehen.

»Hi, Hunter«, sage ich, als ich vorbeilaufe.

Der Ball fällt von seinem Finger herunter und rollt auf die Straße zu, während er mich mit offenem Mund ansieht. Ich erwische den Ball, bevor er den Bordstein erreicht, und kicke ihn zu ihm zurück, was schmerzhafter ist, als es eigentlich sein würde, weil ich Ballerinas trage und nicht wie sonst meine Chucks.

Etwas, worüber Mom nie auf MärchenhafterLeben.com schreibt, aber sollte: *Sich in Schale zu werfen, kann schmerzhaft sein!*

»Äh … danke«, sagt Hunter. Er starrt mich weiter an, als ich vorbeigehe. Der Typ ist süß, aber dieser glotzende Gesichtsausdruck ist nicht sein bester Look.

Ich entdecke Katie und Nicole und gehe direkt auf sie zu.

Nicole pfeift bewundernd.

»Na, sieh mal einer an, Miss Rosie Charming!«

»Komm schon, dreh dich einmal«, sagt Katie.

»Muss ich wirklich?«, stöhne ich. »Die Leute gucken schon.«

»Ja, musst du«, befiehlt Katie, und ich drehe mich widerwillig einmal im Kreis.

»Geht es beim Gutaussehen nicht darum, dass die Leute hingucken?«, fragt Nicole.

»Ist das so?« Ich meine, ich weiß, dass es in Moms Artikeln immer darum geht, *sich von seiner besten Seite zu präsentieren*, doch will man damit wirklich nur bewirken, dass Leute einen anschauen?

»Du weißt, was ich meine«, sagt Nicole.

Ich lächele und zucke mit den Schultern, bin mir aber nicht sicher, dass ich es weiß.

»Hunter Farthington hat tatsächlich den Blick von seinem Fußball losgerissen, als du vorbeigelaufen bist«, juchzt Katie. »Jetzt wird er dich auf jeden Fall fragen, ob du mit ihm auf den Herbstball gehst. Ich weiß es einfach.«

»Na ja, wenn Rosie gleich zur Mathestunde marschiert, wird Damien Wolfe einen Moment lang aufhören, Comics zu zeichnen und sie zuerst fragen. Darauf kannst du wetten«, wirft Nicole beleidigt ein.

»Um wie viel willst du wetten?«, fragt Katie.

»Ähm … Mädels? Ich stehe direkt neben euch!«, erinnere ich sie.

Sie sind offenbar zu scharf darauf, auf meine Dating-Aussichten zu wetten, als dass sie sich dabei groß von meiner Anwesenheit stören lassen würden.

»Ich wette mit dir um einen Zuckerwatte-Lipgloss, dass Damien sie zuerst fragen wird«, sagt Nicole.

»Abgemacht!«, willigt Katie ein. Sie besiegeln die Wette mit einem Faustabschlag.

»Könnte ich euch jetzt, wo ihr auf mich gewettet habt, als wäre ich ein Rennpferd, um ein paar Ratschläge bitten?«, frage ich.

Sie scheinen sich endlich daran zu erinnern, dass ich neben ihnen stehe und eine Person aus Fleisch und Blut und nicht nur ein Dating-Projekt bin.

»Tut mir leid, Rosie!«, sagt Katie und umarmt mich.

»Mir auch«, schließt sich Nicole an. »Wir haben uns wohl ein bisschen mitreißen lassen.«

Da fällt mir ein, dass ich meine Mom heute Morgen doch tatsächlich um ein wenig von ihrem Seetang- und Heilziest-Smoothie gebeten habe – *Memo an mich: Es hat genauso ekelhaft geschmeckt wie beim letzten Mal* –, und antworte: »Kein Problem. Ist schnell passiert.«

»Also, wie können wir dir helfen?«, fragt Katie.

»Ich weiß nicht so recht. Ich will nur … na ja, Flirten ist nicht so richtig mein Ding, wenn ihr versteht, was ich meine. Und als ich auf Google nach *Wie man in der Highschool ein Date findet* gesucht habe, habe ich …«

»Moment mal … Du hast *gegoogelt*, wie man in der Highschool ein Date findet?«, unterbricht mich Nicole.

»Äh … ja«, gebe ich zu.

»Kein Witz?«, hakt Katie nach, die sich nur mit Mühe ein Lachen unterdrücken kann.

Ich nicke.

Daraufhin brechen beide in schallendes Gelächter aus. Sie müssen sich praktisch gegenseitig stützen, um nicht vor Lachen umzukippen.

»Was war das *Ergebnis*?!«, will Nicole wissen.

»Das ist das Problem«, erkläre ich ihnen. »Die Ratschläge waren alle so widersprüchlich und haben mich total verwirrt. Zum Beispiel: *Sei charmant und witzig – übertreib's aber nicht mit dem Flirten ...* und *sei selbstbewusst, aber nicht laut und schrill.* Ich meine, jetzt mal im Ernst. Wie soll man wissen, ob man das macht?«

»Weil wir hier sind, um es dir zu sagen«, erwidert Katie.

»Ja, mach dir keine Sorgen, wir sorgen dafür, dass du nicht über die Stränge schlägst«, versichert mir Nicole.

Katie prustet noch einmal lachend los. »Ich kann immer noch nicht fassen, dass du Google anstatt uns um Dating-Ratschläge gefragt hast.«

»Ich kann immer noch nicht fassen, dass ich *meine Mutter* um Dating-Ratschläge gefragt habe«, murmele ich.

»Hey, schau doch, was für fantastische Klamotten du abgestaubt hast«, erinnert mich Nicole. »Ich würde meine Mom sofort um Rat bitten, wenn dabei eine Mega-Shoppingtour bei *Très Cher* rausspringen würde.«

Von einem Moment zum nächsten komme ich mir wie eine undankbare Rotzgöre vor. Ich *habe* Glück, dass meine Mom bereit war, so viel für mich zu tun. Ich würde mir nur wünschen, dass ich mich nicht so merkwürdig und ... unbehaglich fühlen würde.

»Ihr habt recht«, sage ich. »Das wird bestimmt alles irgendwie hinhauen, und ich werde schon bald ein Date für den Ball haben. Wenn ich Glück habe, habe ich heute Abend vielleicht schon eins gefunden.«

»Genau«, redet mir Katie gut zu. »Denk positiv.«

Wenn ich mir nur selbst glauben würde, was da aus meinem Mund kommt.

Damien Wolfe, Nicoles Wahl eines Dates für den Ball, hat in der ersten Stunde Mathe mit mir. Nicole auch, und sie redet den ganzen Weg bis zum Klassenzimmer über nichts anderes, als dass ihm die Augen herausfallen werden, sobald er die neue, verbesserte Rosie sieht. Es fällt mir schwer, das zu glauben.

Als wir den Klassenraum betreten, sitzt Damien an seinem üblichen Platz in der hintersten Reihe und zeichnet in sein Notizbuch, aber seine Augen bleiben schön ordentlich in seinem Kopf. Er bemerkt nicht mal, dass wir reingekommen sind.

Warum nicht?

Na ja, weil er, wie immer, mit Zeichnen beschäftigt ist. Merkwürdigerweise bin ich seltsam genervt, dass sogar Spiegelmädchen nicht mehr Aufmerksamkeit auf sich zieht. Es kommt mir wie eine Herausforderung vor – eine Herausforderung, die ich gewinnen will.

Deshalb lasse ich »versehentlich« meine Bücher gleich neben ihm auf den Boden fallen – nur landet der richtig dicke und schwere Mathewälzer direkt auf seinem Fuß, und er springt mit einem Schmerzensschrei auf. Der Teil war *wirklich* ein Versehen. Großes Indianerehrenwort, das ist nicht gelogen.

»Oh mein Gott, es tut mir *so* leid, Damien!«, entfährt es mir. »Ist alles okay?«

Er setzt sich wieder hin und hält sich den Zeh durch seinen Turnschuh, als ich die Bücher aufhebe.

»Ich werd's überleben«, sagt er. »Aber kannst du den ADAC anrufen? Ich brauche vielleicht einen Zehenwechsel.«

Einen *Zehenwechsel?*

»Oh!«, kichere ich, als ich es endlich kapiere. »Klar doch. Ich habe sie in der Kurzwahl.«

»Warum? Hast du die Angewohnheit, schwere Bücher auf die Zehen anderer Leute fallen zu lassen?«

»Nein, ich ... Vergiss es«, murmele ich und wende mich ab, um an meinen Platz zu gehen.

Das läuft definitiv nicht, wie ich es mir vorgestellt habe.

»Nette Frisur«, sagt Damien im selben Moment, als ich mich hinsetze, überzeugt, dass meine Aktion der komplette Reinfall gewesen ist.

Ich bedanke mich mit einem Lächeln, als der Unterricht anfängt, und spüre, wie sich ein warmes ... *Triumphgefühl* in mir ausbreitet.

In der nächsten Stunde habe ich Sport mit Hunter Farthington. Auf dem Lehrplan steht zur Zeit Yoga, das uns helfen soll, Stress abzubauen und achtsam zu sein, nur muss jedes Mal garantiert irgendjemand furzen, woraufhin sich alle vor Lachen kugeln. Dann wird Coach W stinksauer, und sie fängt an, in ihrer Wenn-das-keine-Yoga-Stunde-wäre-würde-ich-euch-total-anbrüllen-Stimme *nicht* zu schreien, was es sogar noch stressiger macht als Völkerball. Ihre sorgfältig unterdrückte Wut ist noch furchterregender, als wenn Coach G, der andere Sportlehrer, aus vollem Hals durch die ganze Turnhalle brüllt.

»Also, was steckt hinter diesem plötzlichen neuen Styling?«, fragt Genny Krulinski, als wir in der Umkleide unsere Sportklamotten anziehen.

»Keine Ahnung – ich hatte einfach Lust auf Veränderung«, lüge ich.

Ich werde Genny Krulinski gegenüber nicht zugeben, dass ich bereit war, so ziemlich alles auszuprobieren, um ein Date für den Herbstball zu finden – einschließlich meine Mutter um Rat bitten.

»Ziemlich radikale Veränderung«, meint Genny.

»Echt?«, erwidere ich so gelassen wie möglich. »Findest du?«

Sie wirft mir einen Oh-Mann-Blick zu.

»Erst läufst du als die Secondhandqueen durch die Gegend, und im nächsten Augenblick mutierst du zur ambulanten *Très-Cher*-Werbung. Das würde ich als ziemlich radikal bezeichnen.«

»Also, ich finde, du siehst richtig hübsch aus«, sagt Aria Thornebriar. »Was ist falsch daran, sich ab und zu ein wenig zu verändern?«

»Hab ich das etwa behauptet?«, gibt Genny genervt zurück, nimmt ihr Handtuch und stapft davon, obwohl die Art, wie sie es gesagt hat, schon so geklungen hat.

»Lass dich nicht von Genny runterziehen«, baut mich Aria auf. »Sie ist bloß eifersüchtig darauf, wie Hunter heute Morgen reagiert hat. Sie ist schon seit der sechsten Klasse in ihn verknallt.«

»Was meinst du damit?«, frage ich, als wir in die Turnhalle gehen.

Aria wirft mir einen ungläubigen Blick zu. »Ach, komm schon. Erzähl mir nicht, dir ist nicht aufgefallen, dass er kaum einen zusammenhängenden Satz rausbekommen hat, als du heute Morgen aufgetaucht bist?«, gibt sie zurück.

»Na ja …«

»Okay, schon klar, Hunter ist nicht gerade der redegewandteste Typ der Welt, aber es war noch schlimmer als sonst.«

Ich weiß, es ist nicht nett, aber ich kann mir ein Lachen nicht verkneifen.

»Ja, ist mir aufgefallen«, gebe ich zu.

»Na ja, Genny Krulinski auch. Und wenn Blicke töten könnten, würdest du jetzt wie deine Mom in einem Glassarg liegen«, sagt Aria.

Es erstaunt mich, dass sie Mom und *das Märchen* so ganz nebenbei erwähnt, als wäre es keine große Sache. Obwohl alle Bescheid wissen, spricht an der Schule sonst niemand darüber. Ich glaube, das ist typisch New York.

Hier leben so viele Promis, dass es als uncool gilt, von Stars fasziniert zu sein. Aber Aria weiß vermutlich, wie es ist, die Tochter berühmter Eltern zu sein. Ihre Mom ist Prinzessin Aurora, auch bekannt als Dornröschen.

»Na ja, zu meinem Glück bin ich immer noch gesund und munter«, witzele ich und steuere auf die Yogamatten zu. »Jetzt muss ich nur noch Yoga hinter mich bringen, ohne zu sterben.«

»Oder noch schlimmer, furzen«, meint Aria.

»Warum furzen alle bei Yoga?«, frage ich. »Es ist die reinste Epidemie.«

»Nein, es ist ganz natürlich«, erklärt Aria. »Als ich *Warum muss man bei Yoga furzen* gegoogelt habe, hatte ich über vierhundertsechzigtausend Treffer.«

Memo an Katie und Nicole: Ich bin nicht die Einzige an der Schule, die merkwürdige Sachen googelt.

Gennys Matte ist gleich neben Hunters. Sie fragt ihn, wie das Training gestern gelaufen ist, als wäre das die interessanteste Sache der Welt.

Hat sie vielleicht auch *Wie findet man ein Date in der Highschool* bei Google eingegeben?

Ich kann nicht anders, als Genugtuung zu empfinden, als Genny bei der Pflug-Pose eine gewaltige Stinkbombe fahren lässt und die ganze Klasse losbrüllt vor Lachen – Hunter und seine Freunde am lautesten.

Oder als Hunter mich anlächelt, als ich ihn im herabschauenden Hund verkehrt herum ansehe.

Schönste im ganzen Land … Steh dazu.

Lächeln ist ein Anfang, aber ich muss ihn dazu bringen, einen Schritt weiterzugehen. Er – oder Damien – muss mich fragen, ob ich mit ihm auf den Ball gehen will.

Kapitel 6

Ich beschließe, dass es Zeit ist, mir bei jemandem Rat zu holen, der nicht Mom, Dad oder eine meiner Freundinnen ist. Ich muss lernen, Jungs zu verstehen, und dazu muss ich mit ein paar echten Typen aus Fleisch und Blut sprechen. Zum Glück weiß ich genau, wo ich die finden kann – ich kenne nämlich sieben Männer, die zusammen in einer WG wohnen. Mom hat früher einmal den Haushalt für sie geschmissen.

Meine sieben größenbenachteiligten »Onkel« haben vor langer Zeit jenseits der Sieben Berge gelebt. Jetzt wohnen sie jenseits vom Central Park in der West Seventy-Seventh Street. Wenn ich meine Chucks anhätte, würde ich durch den Park laufen, aber nach nur einem Schultag in Ballerinas habe ich schon eine Blase, deshalb nehme ich den Bus durch die Stadt.

Meine Onkel würden niemals den Bus nehmen – sie sind lieber unter Tage. Das ist einer der Gründe, warum sie darauf bestanden haben, eine Kellergeschosswohnung auf der West Seventy-Seventh Street zu kaufen – so schlagen sie zwei Fliegen mit einer Klappe: so wenig

Sonnenlicht wie möglich und die U-Bahn gleich in der Nähe.

Heutzutage schwingen sie nicht mehr ihre Spitzhacken, um Edelsteine abzubauen. Stattdessen arbeiten sie im Diamantenviertel in einer angenehmeren Umgebung und handeln mit Edelsteinen und Modeschmuck für *MärchenhafterLeben.com*. Meine Eltern (und CynCorp) bekommen Prozente vom Verkauf und kümmern sich im Gegenzug um die Vermarktung der Juwelen, und alle sind glücklich.

Alle außer Onkel Herb. Dad sagt, dass Herb nur glücklich ist, wenn er unglücklich ist. Das ergibt für mich überhaupt keinen Sinn, weil er die ganze Zeit unglücklich wirkt, was eigentlich heißen müsste, dass er glücklich ist, oder? Erwachsenenlogik kann so was von verquer sein.

Als ich bei ihrem Haus ankomme, gehe ich die Stufen zu ihrer Tür hinunter, die unterhalb der Straßenebene liegt. Es ist die Art Wohnung, die die meisten Leute aus Sicherheitsgründen nicht sonderlich begehrenswert finden würden und weil nicht viel Licht hineinfällt, doch meine Onkel waren bereit, einen Aufschlag dafür zu bezahlen. Den Hausgenossenschaftsausschuss von einer WG mit sieben kleinen Junggesellen zu überzeugen, war nicht einfach, aber als Schneewittchen und Prinz Charming auftauchten und persönlich für alle sieben bürgten, war der Verkauf unter Dach und Fach. Berühmt zu sein hat seine Vorteile.

Onkel Shrimpy kommt an die Tür. Viele halten ihn für nicht besonders schlau, doch Mom sagt, dass er einfach nur anders denkt als die meisten Menschen. Das stimmt auf jeden Fall. Heute hat er violette Haare und trägt rote Samtshorts, ein schwarzes T-Shirt mit einem glitzernden goldenen Stern vorne drauf und acht Zentimeter hohe goldene Plateauschuhe.

»Rosie, mein Schatz!«, ruft er aus und umarmt mich, was immer ein wenig peinlich ist, weil er mir sogar in acht Zentimeter hohen Plateauschuhen nur bis zum Nabel reicht.

»Was geht, Onkel Shrimpy?«, frage ich. »Dein Outfit ist *mega*.«

»Dieses alte Zeug?«, erwidert er mit einer abschätzigen Handbewegung. »Aber sind diese Schuhe nicht toll? Ich hab sie aus dem Secondhandladen an der Ecke von Ninety- und Seventh-Street.«

Onkel Shrimpy kennt die besten Secondhandläden. Alles, was ich darüber weiß, wie man preiswert Vintageklamotten findet, hat er mir beigebracht.

»Der absolute Hammer«, stimme ich ihm zu. »Pass nur auf, dass du dir nicht die Knöchel brichst.«

»Hey, Jungs, unsere kleine Rosie ist hier!«, ruft Shrimpy.

Wenn man bedenkt, dass ich sie alle schon seit meinem achten Lebensjahr überrage, ist es zugleich lustig und beruhigend, dass meine Onkel mich immer noch als ihre »kleine Rosie« betrachten. Ich folge Onkel Shrimpy ins Wohnzimmer, wo Onkel Jem, Onkel Zafiro, Onkel Yù und Onkel Bijou auf ihren Sesseln und Sofas in Kindergröße abhängen. Sie haben auch zwei Sessel in Erwachsenengröße für Mom und Dad, wenn sie zu Besuch kommen, und da ich finde, dass mich mein neues Outfit erwachsener macht, setze ich mich auf einen großen anstatt wie sonst auf meinen Kinderstuhl.

Das entgeht Onkel Jem nicht. Ihm entgeht überhaupt nur wenig.

»Bedeuten dein elegantes neues Outfit und deine Entscheidung, dein Gesäß auf den Stuhl deiner Mutter zu parken, dass du jetzt Dinge ins Auge fasst, die ... sagen wir mal ... von rebellisch-jugendlicher Art sind?«

Wenn er nicht mit einer Größenbenachteiligung zu einer Zeit geboren worden wäre, als es noch keine Antidiskriminierungsgesetze gab, hätte Onkel Jem Diplomat werden können.

»Nein, nein, nein.« Onkel Zafiro schüttelt den Kopf und mustert mich mit missbilligend dreinblickenden dunklen Augen. »Das sieht nach Ärger aus. Hier geht es um Jungs. Das hab ich im Urin. Ärger steht bevor, ich sag's euch.«

»Zaffy, Mann, das Einzige, was du im Urin hast, sind Nierensteine«, wendet Onkel Bijou ein. »Unsere Rosie lernt nur einfach gerade, wie der Stern zu funkeln, der sie wirklich ist.«

Er strahlt mich an, seine glänzenden weißen Zähne heben sich von seiner dunklen Haut ab.

Ich lächele Onkel Bijou an, obwohl ich weiß, dass Onkel Zafiro recht hat.

»Bist du *verrückt*? MIT KNOBLAUCH IST JETZT SCHLUSS*!*«

Oh oh. Das klingt, als würden in der Küche Onkel Herb und Onkel Rocco mal wieder in Streit geraten. Sie sind beide *extrem* leidenschaftlich, wenn es um Essen geht. Obwohl ich es besser wissen müsste, dass es keinen Sinn hat, die Friedensstifterin zu spielen, stehe ich auf, um nachzusehen, was genau los ist.

Onkel Rocco sieht wie ein mit einem Schwert bewaffneter Ritter aus und schwingt ein Kochmesser, das fast genauso lang ist wie sein Arm, nur trägt er keine Rüstung, sondern eine mit Tomatensoße vollgespritzte Schürze. Zumindest bin ich mir ziemlich sicher, dass es Tomatensoße ist, weil ich kein Blut auf Onkel Herb sehen kann. *Noch nicht*.

»*DU* bist doch nicht mehr ganz dicht!«, blafft Onkel Rocco und schwingt gefährlich das Messer. »Da muss noch mehr Knoblauch rein, ganz zu schweigen von mehr schwarzem Pfeffer!«

Es sieht so aus, als würde sich Onkel Herb mit einem großen Holzlöffel verteidigen, von dem große Soßenklekse überall auf den Boden tropfen.

»Hier drin sieht es aus wie an einem Krimitatort«, sage ich. »Aber es *duftet* himmlisch.«

Sie hören endlich lange genug auf, sich gegenseitig

böse anzufunkeln, um zu bemerken, dass ich in der Küche stehe, und, kein Witz, es ist, als hätte jemand einen Zauberstab geschwungen – zum Glück keinen mit Tomatensoße dran –, denn Onkel Roccos versteinerte Miene verwandelt sich in ein strahlendes Lächeln unter seinem grau melierten Schnurrbart, und Onkel Herb grinst und steckt den Holzlöffel zurück in den riesigen Topf, der auf dem Herd vor sich hin brodelt.

»Schau dir unsere kleine Prinzessin an«, sagt Onkel Herb und kommt auf mich zu, um mich zu umarmen. »Sieht sie nicht bildhübsch aus?«

»Ähm, könntest du vielleicht erst die Tomatensoße abwischen, bevor du mich umarmst?«, schlage ich vor und weiche der Umarmung aus. »Das ist ein brandneues Outfit.«

Onkel Rocco, der auch gerade mit offenen Armen auf mich zukommt, macht zusammen mit Onkel Herb einen Schritt zurück, und sie werden beide genauso rot wie ihre Schürzen.

»'tschuldige, Rosie«, murmelt Rocco und begutachtet, in welchem Zustand sich Herb, die Küche und er selbst befinden. »Wir haben uns wohl ein wenig mitreißen lassen.«

»Na ja, er jedenfalls«, grummelt Herb. »Mit dem Knoblauch.«

»Nur weil du zu viel Basilikum reingetan hast und …«

»Okay, *Time-out*!«, sage ich und bilde ein T mit den Händen. »Meine Herren, ab in eure Ecken.«

Ich bin völlig verwirrt, als sie sich ansehen und in schallendes Gelächter ausbrechen – und ich meine, so richtig lautes, wieherndes Gelächter. Onkel Rocco wirft den Arm um Onkel Herb, der sich Lachtränen vom Gesicht wischt, als hätten sie sich nicht gerade erst noch gegenseitig mit Küchengeräten bedroht.

»Was?«, will ich wissen. »Was ist so lustig?«

»Du erinnerst mich jeden Tag mehr an deine Mutter«, japst Onkel Rocco.

»Sie sieht sogar jeden Tag mehr aus wie Schneewittchen«, fügt Herb hinzu.

Ihre Kommentare und die Stimme, die in einer Tour was von *Schönste im ganzen Land* faselt, geben mir langsam das Gefühl, als würde ich eine gruselige Version des *Märchens* durchleben.

»Wenn ihr damit fertig seid zu versuchen, euch gegenseitig umzubringen, könntet ihr dann rüberkommen und euch zu den anderen setzen?«, frage ich. »Ich brauche euren Rat.«

»Rat?« Onkel Herbs Gesicht erhellt sich, und er nimmt seine Schürze ab. »Du bist an den richtigen Ort gekommen. Wir haben deiner Mutter eine Menge guter Ratschläge gegeben.«

»Ja«, sagt Onkel Rocco. »Nur schade, dass sie nie darauf gehört hat.«

»Ich bin nicht meine Mutter«, sage ich gereizt. »Ich weiß sehr wohl, dass man wildfremden Leuten nicht trauen soll.«

Ich kann durchgeknallte Reime hören, die aus meinem Rucksack auf dem Wohnzimmerboden kommen:

Du bist die Schönste, und du hast recht;
die sieben Winzlinge sind nicht mehr ganz echt.

Haltet mich für verrückt, aber langsam fange ich wirklich an zu glauben, dass mir der Spiegel in der Puderdose, die Mom mir geschenkt hat, genau wie *der* Spiegel Vorträge hält.

»Ich wette, das sagst du zu allen Mädchen«, murmele ich.

»Sage was zu allen Mädchen?«, fragt Onkel Herb.

»Ja, es ist nicht so, als wäre Herb ... wie nennt man das heutzutage ... ein Frauenschwarm?«, wirft Onkel Rocco ein, während er sich die Hände und das Gesicht wäscht.

»Und du bist was?«, schießt Herb zurück. »Du hattest kein Date mehr seit ... hm ... 1784?«

Rocco wendet sich vom Spülbecken ab und streckt seine triefenden Hände aus, als wollte er sie um Herbs Hals legen.

»*O-kay*, ich brauche jetzt wirklich euren Rat«, rufe ich ihnen in Erinnerung, in der Hoffnung, einen weiteren Streit zu verhindern.

Rocco nimmt die Hände runter und trocknet sie an einem Geschirrtuch ab, das nicht voller Tomatensoße ist.

»Komm schon, Herb. Rosie braucht unseren Rat.«

Onkel Jem zwinkert mir zu, als ich die beiden streitenden Onkel zurück ins Wohnzimmer führe.

»Gut gemacht«, sagt er lautlos.

Sobald wir alle Platz genommen haben, atme ich tief durch und fange an, ihnen mein Problem zu erklären.

»Also, Samstag in einer Woche findet in der Schule ein Ball statt, der Herbstball …«

»Hab ich's nicht gesagt!«, unterbricht mich Zafiro und ballt triumphierend die Faust. »Ich wusste doch, dass es um Ärger mit Jungs geht.« Er tippt sich an die Nase. »Zafiros Nase spürt immer die Wahrheit auf!«

»Vielleicht weil Zafiros Nase den Großteil seines Gesichts einnimmt«, erwidert Bijou.

Allmählich frage ich mich, ob es ein Fehler war, meine Onkel um Rat zu bitten, aber da ich schon den Bus durch die Stadt genommen *und* einen Streit geschlichtet habe, kann ich es genauso gut durchziehen.

»Ich habe nicht wirklich Ärger mit Jungs, Onkel Zafiro. Mein Problem ist vielmehr der *Mangel daran*«, erkläre ich. »Ich habe immer noch kein Date. Deshalb dachte Mom, ich bräuchte ein wenig Anleitung in Sachen Mode, und hat mich zu Phillipe geschickt, damit er mich berät. Und das ist dabei rausgekommen.«

»Und *das* sieht auch sehr hübsch aus«, bemerkt Onkel Jem.

»Ja, wahrscheinlich«, antworte ich, weil ich nicht bereit bin zuzugeben, dass mich Spiegelmädchen verwirrt, mir aber gleichzeitig klar ist, dass sie gewisse Vorteile mit sich bringt; oder dass ich angefangen habe, eine seltsame

Stimme aus der Puderdose in meiner Tasche zu hören, die jetzt wieder verstummt ist. »Aber ich habe immer noch keinen Begleiter. Deshalb brauche ich Tipps, wie ich einen finden kann. Und ihr seid die einzigen Männer, die ich kenne und denen ich so eine peinliche Frage stellen kann.«

Sie lächeln alle. Onkel Shrimpy nimmt sogar ein großes weißes Taschentuch aus der Tasche seiner winzigen roten Samtshorts und tupft sich die Augen, weil er so gerührt ist.

»Ich bin der festen Überzeugung, dass jeder junge Mann, der *nicht* mit dir ausgehen will, möglichst schnell seinen Geisteszustand untersuchen lassen sollte«, meint Onkel Jem.

Es ist wirklich nett, ihn das sagen zu hören, aber …

»Du musst das sagen, weil du mein Onkel bist«, wende ich ein.

»Na, genau genommen bin ich nicht wirklich dein Onkel«, erwidert Jem. »Es ist ein Ehrentitel, den uns deine Mutter bei deiner Geburt verliehen hat.«

»Unwichtig«, gebe ich zurück. »Du würdest mir nie sagen, dass ich die Letzte bin, mit der ein Junge auf den Herbstball gehen wollte.«

»Du willst einen Rat, Rosie? Liebe geht durch den Magen«, erklärt mir Onkel Herb. »Bring ein leckeres Pastrami-Roggensandwich mit Mayo und Senf und vielleicht noch ein wenig Salat – aber nicht zu viel – mit in die Schule. Oh, und eine Gewürzgurke. Damit klappt's.«

»Essen ist in Ordnung, aber *Musik* ist die Seele der Liebe«, wendet Onkel Bijou ein. »Finde heraus, was für Musik ihn bewegt, und singe etwas vor dich hin, wenn du an ihm vorbeiläufst.«

»Aber ich habe die schlimmste Gesangsstimme in der Geschichte des Singens«, wende ich ein. »Beim Karaoke will mich niemand auch nur als Backgroundsängerin!«

»Das ist egal«, sagt Bijou und tut meine Bedenken mit einer Geste ab.

»Häng im Fitnessstudio ab«, rät mir Rocco. »Unterhalte dich mit einem netten, kräftigen Kerl mit großen Muskeln. Jemand, der dich beschützen kann.«

Die anderen Onkel nicken. Offensichtlich meinen sie, ich wäre mir, genau wie meine Mutter, der Gefahren nicht bewusst, die von Unbekannten ausgehen. *Hallo? Dieses Mädchen ist in New York geboren und aufgewachsen!*

»Ich soll also ins Fitnessstudio gehen und dort einem netten, muskulösen Typen singend ein Pastrami-Sandwich überreichen?«

»Mach nicht alles drei auf einmal«, rät mir Onkel Yù und streicht sich über seinen Spitzbart. »Das könnte eine Sauerei geben.«

»Tanze beim Singen«, fügt Onkel Zafiro hinzu. »Tanzen bringt das Seelenfeuer einer Frau zum Vorschein.«

Ähm … wie bitte? Ich weiß nicht so recht, was mein Seelenfeuer ist, aber ich bin mir ziemlich sicher, dass ich es nicht zum Vorschein bringen will. Langsam frage ich mich, ob ich überhaupt zu diesem bescheuerten Ball gehen will.

Hör niemals auf, danach zu streben,
Dich zur Schönsten im Lande zu erheben.
Hab keine Angst, sei rücksichtslos,
Ist auch die Mühe noch so groß.

Auch wenn ich weiß, dass dieser Spiegel ein wertvolles altes Familienerbstück ist, wünsche ich mir in diesem Moment, man könnte ihn auf stumm stellen. Warum hat mich Mom nicht gewarnt, dass er so eine Quasselstrippe ist?

Meine Onkel teilen weiter Ratschläge aus wie Süßigkeiten an Halloween.

»Iss keine Bohnen«, sagt Onkel Jem. »Blähungen sind ziemlich unattraktiv.«

»Okay, keine Bohnen«, wiederhole ich.

»Oder Knoblauch«, schiebt Herb hinterher und ignoriert geflissentlich Onkel Rocco, dessen Gesicht sofort vor Wut knallrot anläuft.

Ich werde auf keinen Fall zulassen, dass sie den Knoblauchkrieg erneut vom Zaun brechen. Nicht wenn ich gerade wichtige Dating-Tipps bekomme.

»Bitte, ihr zwei«, bettele ich. »Streitet euch nicht. Ich brauche wirklich eure Hilfe.«

»Genau, Herb«, sagt Rocco total selbstgerecht. »Rosie braucht uns.«

Onkel Herb räuspert sich und verschränkt die Arme vor der Brust.

»Ich schau mal in deinem Horoskop nach, wann der vielversprechendste Tag für deine Dating-Suche ist, Rosie«, verkündet Onkel Yù, steht auf und geht an seinen Schreibtisch, der überhäuft ist mit Pergamentrollen.

»Aber, Onkel Yù, der Ball findet Samstag in einer Woche statt«, wende ich ein. »Ich habe keine Zeit, auf vielversprechende Tage zu warten. Ich komme mir jetzt schon wie die totale Niete vor, weil ich noch kein Date habe. Vor allem, da ich die Tochter von du weißt schon wem bin.«

Schneewittchen ist schön, da gibt's nichts zu sagen,
Aber du, liebe Jugend, wirst sie stets haushoch schlagen.

Hat der Spiegel gerade Mom *gedisst*? Autsch.

Auch wenn es nicht nett ist, freue ich mich ein wenig darüber, dass jemand – oder vielmehr *etwas* – auf dieser Welt glaubt, dass ich hübscher bin als meine Mutter, deren Schönheit legendär ist.

»Ich weiß, wann der Ball ist«, erwidert Onkel Yù, setzt seine Brille auf und beugt sich über eine seiner Pergamentrollen. »Vergiss nicht, Rosie: Mit Zeit und Geduld wird das Maulbeerblatt zum seidenen Kleid.«

Onkel Yù hat immer irgendwelche Sprichwörter auf Lager, die sehr tiefgründig klingen, bei denen ich mir aber nie ganz sicher bin, was sie bedeuten.

Langsam dreht sich mir der Kopf von all den Ratschlägen meiner Onkel und dem Raunen des Spiegels. Ich schließe die Augen und frage mich, warum ich überhaupt ein Date für den Ball brauche. Vielleicht könnte ich einfach allein hingehen, um Mitternacht wegrennen und einen meiner Schuhe auf den Stufen zurücklassen oder so.

Aber das ist das Märchen eines anderen Mädchens.

Der einzige Onkel, der mir noch keinen Rat gegeben hat, ist Shrimpy. Er hört nur zu und beobachtet, während seine großen blauen Augen wie immer alles aufnehmen und er sich die Nägel lila lackiert, passend zu seiner Haarfarbe.

»Was ist mit dir, Onkel Shrimpy?«, wende ich mich an ihn. »Hast du irgendwelche klugen Ratschläge?«

Er wedelt mit der linken Hand in der Luft und bläst auf seine Nägel, damit sie trocknen.

»Ich finde, du solltest einfach du selbst sein«, sagt er. »Denn Rosie Charming ist das Beste, was du sein kannst.«

Hm. Ja, weil das bisher ja wunderbar geklappt hat.

Als ich den Bus zurück durch die Stadt nehme, frage ich mich, ob es eine gute Idee war, mir Dating-Ratschläge von meinen Onkeln zu holen, die, soweit ich weiß, noch nie viele Dates hatten. Doch Charmings ohne Dates können nicht wählerisch sein. Ich brauche jede Hilfe, die ich kriegen kann.

Kapitel 7

Auf dem Nachhauseweg mache ich einen kurzen Abstecher in den Supermarkt und überlege, was für einen Dating-Köder ich zubereiten könnte. Pastrami-Sandwiches sind zu muffig, um sie den ganzen Tag in der Schule herumzutragen, und außerdem muss man sie wohl kühl aufbewahren. Zu diesem Thema habe ich zwar noch in keinem von Moms *MärchenhafterLeben*-Artikeln etwas gelesen, aber ich bin mir ziemlich sicher, dass es ein absolutes Dating-Tabu ist, einem Typen eine Lebensmittelvergiftung zu bescheren.

Ich könnte den Glänzender-roter-Apfel-Trick ausprobieren, geht mir durch den Kopf, während ich durch die Obst- und Gemüseabteilung laufe. Allerdings glaube ich kaum, dass Schuljungen in New York so einfach darauf reinfallen würden wie Mom.

Mit Keksen kann ich nichts falsch machen, überlege ich. Sie sind klein, einfach zu transportieren und müssen nicht gekühlt werden. Außerdem riechen sie *viel* besser als Pastrami. Bleibt nur noch eine Frage: Wenn Liebe durch den Magen geht, würde es als Schummeln gelten, eine

Backmischung zu benutzen, anstatt selbst alle Zutaten abzuwiegen?

Wenn ich eine *MärchenhafterLeben*-Leserin wäre, würde ich mir eine süße kleine Schürze umbinden, fünf verschiedene Kekssorten aus dem Ärmel schütteln und mit eigener Hand die süßen kleinen Körbe weben und dekorieren, in denen ich dann das Gebäck präsentiere, und natürlich würde ich das alles hinbekommen, ohne dass mir der Nagellack abplatzt oder mir der Schweiß ausbricht. Zumindest klingt das so in Moms unbeschwert-heiteren Artikeln. In den Beratungsvideos und auf den Fotos sieht sie immer wie die Ruhe selbst aus.

Aber ich weiß, was *wirklich* bei diesen Shootings abgeht. Mom hat eine Assistentin, die sich um die Einkäufe kümmert, eine, die alles vorbereitet, und eine dritte, die größtenteils das Backen übernimmt. Wenn sie auf dem Set auftaucht, rührt sie ein paarmal in der Schüssel und lässt sich ununterbrochen das Gesicht von ihrer Visagistin abtupfen und Puder auftragen, um stets einen frischen, makellosen Teint zu haben, ganz gleich, wie heiß es in der Küche wird.

Ich entscheide mich für die Fertigbackmischung, weil *ich* beim Backen ganz allein auf mich gestellt bin und noch Hausaufgaben machen muss.

»Lassen Sie mich die Einkaufstüte tragen«, bietet Victor an, als ich unseren Apartmentblock erreiche.

»Danke, Victor«, sage ich und reiche sie ihm dankbar.

Mit Dating-Ratschlägen bombardiert zu werden, hat mich wirklich fix und fertig gemacht.

»Sie sehen völlig erledigt aus, Miss Rosie«, meint er, greift in seine Tasche und nimmt ein Schokobonbon heraus. »Sie brauchen einen kleinen Ansporn für Ihre Hausaufgaben.«

Ich strecke die Hand nach dem Bonbon aus, als ich die Stimme des Spiegels aus meinem Rucksack höre:

Überleg dir gut, ob es sich lohnt,
Zuzugreifen wie gewohnt.
Ist der Genuss auch noch so heiter,
Wird deine Taille immer breiter.

Ich ziehe die Hand zurück. »Nein, danke, nicht gut für die Figur.«

Victor schaut enttäuscht. »Oh. Okay. Junge Damen müssen wohl auf ihre Linie achten«, antwortet er.

Die Aufzugtür öffnet sich, und er reicht mir die Einkaufstüte zurück.

»Soweit es mich betrifft, sehen Sie fantastisch aus, Miss Rosie«, ruft Victor mir zu, als sich der Lift schließt.

Aber in meinem Kopf kann ich nur die Stimme des Spiegels hören.

Mom ist in der Küche und macht sich eine Tasse Hagebutten-Zimt-Tee *(Sagenhaft für den Teint! Im Sonderangebot für $8,99 auf* MärchenhafterLeben.com*).*

»Wie war dein Tag, Rosie?«, fragt sie.

»Okay. Liebe Grüße von den Onkeln.«

»Kabbeln sich Herb und Rocco immer noch?«, will Mom wissen.

»›Kabbeln‹ ist leicht untertrieben. Sie waren beide von Kopf bis Fuß in Tomatensoße eingesaut, und die Küche sah aus wie ein Schlachtfeld.«

Mom lacht. »Das ist der wahre Grund, warum ich das Kochen übernommen habe. Nur so konnte ich ein wenig Ruhe haben.«

»Du meinst, es war nicht wirklich im Gegenzug für Unterkunft und Verpflegung?«

»Dafür habe ich geputzt und die Wäsche gewaschen. Eigentlich wollten Herb und Rocco das Kochen gar nicht abgeben. Es macht ihnen Spaß.«

»Ja, sie streiten sich auch gerne, glaube ich.«

Mom nickt und trinkt einen Schluck von ihrem Tee. »Nichts macht die beiden glücklicher, als sich mitten in einem Streit gegenseitig mit Soße zu bewerfen. Ich hatte es nur satt, Tonnen an Geschirrtüchern waschen zu müssen. Im Wald jenseits der Sieben Berge gibt's so was wie Papierhandtücher nicht.«

»Ich weiß, und ich hab ja keine Ahnung, was für ein Glück ich habe, dass ich in New York mit jedem modernen Komfort aufwachse«, seufze ich. Ich habe diesen Vortrag schon so oft gehört, dass ich ihn selbst halten könnte.

»Okay, Frechdachs. Ich muss wieder an die Arbeit«, erklärt Mom.

»Viel Spaß dabei, das Leben anderer märchenhafter zu machen!«, sage ich. Aber gerade als sie die Küche verlassen will, rufe ich: »Warte. Mom?«

»Was ist, Schatz?«

»Weißt du, der Spiegel, den du mir geschenkt hast? Das Familienerbstück?«

»Ja. Was ist damit?«

»Hast du … ich meine … Hat er jemals mit dir gesprochen?«

»*Gesprochen*?«

Ich nicke, in der Hoffnung, dass sie nicht gleich nach dem Telefon greift, um einen Krankenwagen zu rufen, der mich in die nächstgelegene Psychiatrie bringt.

Doch sie lacht nur.

»Rosie, Schatz, wenn du schon anfängst, Stimmen zu hören, stresst dich diese Ballgeschichte wohl zu sehr«, meint sie. »Komm, ich mach dir eine Tasse Kamillen-Zitronenmelisse-Tee zum Entspannen.«

»Nein, ist schon okay«, sage ich. »Ich hab's mir wahrscheinlich bloß eingebildet. Du weißt schon, weil ich *das Märchen* schon so oft gehört habe.«

Mom kommt zu mir und legt mir ihre weichen Hände auf die Wangen.

»Bist du sicher, dass alles in Ordnung ist?«, fragt sie.

»Ja. Mir geht's gut«, erwidere ich und zucke mit den

Schultern. »Ich muss nur Kekse backen und Hausaufgaben machen – das ist alles.«

Sie sieht mir in die Augen, als würde sie dort nach der Wahrheit suchen. Ich wende mich ab, weil ich nicht will, dass sie meine Lüge durchschaut. Denn ich bilde mir gar nichts ein – der Spiegel spricht hundertprozentig.

»Okay. Wenn du dir sicher bist«, sagt Mom schließlich. »Ich muss vor dem Abendessen noch eine Liste von Tipps schreiben.«

Ich backe die Kekse nach der Anleitung auf der Schachtel. Sobald sie auf dem Gitter abkühlen, hole ich meine Bücher heraus, um meine Hausaufgaben zu machen.

Mit einem lauten Knall rutscht die Puderdose aus meinem Rucksack auf den Küchentisch. Dieses Ding ist wirklich aus massivem Gold. Sosehr ich es auch satthabe, den Spiegel den ganzen Tag reden zu hören, kann ich nicht anders, als die Dose aufzuklappen und mein Spiegelbild zu betrachten.

Rosamunde Charming, du bist ein Star,
Oder wärst es – mit gekämmtem Haar.

Ich klappe die Puderdose wieder zu und stecke sie ganz unten in meinen Rucksack. Meine Mathehausaufgaben machen mehr Spaß, als von einem Stück sprechendes Glas schlechtgemacht zu werden.

Am nächsten Morgen sitzt Damien Wolfe im Matheunterricht wie immer an seinem Platz in der hintersten Reihe und zeichnet mit einem dünnen schwarzen Stift in sein Notizbuch. Als ich näher komme, sehe ich, dass es ein Comic ist.

»Hi, Damien«, sage ich und halte ihm den kleinen Frischhaltebeutel mit Keksen hin, den ich mit bunten Stiften verziert habe. Damit werde ich auf dem Foodchannel zwar keinen Preis für die beste Präsentation gewinnen, doch ich musste schließlich Hausaufgaben machen. Ein Date für den Ball zu finden, ist wichtig, es wieder auf die Hochbegabtenliste zu schaffen aber ebenso.

Damien schaut überrascht wie ein Reh, das im Wald seinem natürlichen Feind gegenübersteht. Währenddessen halte ich ihm weiter die Tüte Kekse hin.

»Die sind für dich«, weise ich ihn auf das Offensichtliche hin.

Anscheinend ist das, was ich offensichtlich finde, nicht auch gleichzeitig offensichtlich für ihn.

»Äh, warum?«, fragt er.

Da ich ihm schlecht sagen kann, dass ich versuche, sein Herz mit leckeren Keksen zu erobern, damit er mich zum Herbstball einlädt, lasse ich mir eine Notlüge einfallen. Und da an jedem Tag irgendwas gefeiert wird, für das es extra Grußkarten gibt, erfinde ich einfach meinen eigenen Feiertag, denke ich.

»Na ja, heute ist der Internationale Verbreite-Freude-mit-Keksen-Tag«, schwindele ich. Das hört sich selbst in meinen Ohren bescheuert an.

Er schaut skeptisch, nimmt die Kekse aber und sagt: »Danke. Davon habe ich noch nie gehört.«

»Ja. Es geht darum, jemand anderen glücklich zu machen«, improvisiere ich. »Du weißt schon, jemand macht was Nettes für dich, und im Gegenzug machst du was Nettes für ihn.«

»Und jetzt soll ich was Nettes für jemand anders machen?«, fragt Damien. »Weil du mir Kekse geschenkt hast?«

Das ist mit Sicherheit die längste Unterhaltung, die wir je geführt haben, und sie beruht einzig und allein darauf, dass ich ihn anlüge. Aber jetzt da ich diese Geschichte mit dem Internationalen Verbreite-Freude-mit-Keksen-Tag in die Welt gesetzt habe, scheine ich es nicht mehr zurücknehmen zu können.

Ich strahle ihn an und nicke. »Genau. Gib die Freude weiter. Mach jemand anderen glücklich und so weiter.«

Damien lächelt und lehnt sich in seinem Stuhl zurück. Er ist wirklich sehr süß, wenn er lächelt. Sollte er häufiger machen.

»Cool«, sagt er. »Danke, Rosie.«

Einer erledigt, bleiben noch zwei.

»Was war das denn?«, flüstert Nicole, als ich mich an meinen Platz setze.

Ich will ihr gerade erzählen, dass Liebe durch den Magen geht und es Teil meiner Strategie bei der Suche nach einem Date ist, da fängt Mr Kostek mit dem Unterricht an.

»Ich erklär's dir in der Mittagspause«, flüstere ich zurück.

In der vierten Stunde habe ich Sport, und ich muss zur Turnhalle rennen und mich für Yoga umziehen. Da Hunter in meinem Kurs ist, ist er der Kandidat, der Onkel Roccos Anforderung eines Jungen mit Muskeln erfüllt.

Während ich überlege, wie ich Hunter den Beutel Kekse geben könnte, ohne mich zu blamieren, kommt mir meine Tollpatschigkeit in die Quere.

Der Beutel steckt unter meinem Sweatshirt, das ich neben meine Matte unter mein Handtuch gelegt habe. Eigentlich sollte ich in diesem Moment meinen Geist leeren und mich auf meine »tiefen, reinigenden Atemzüge« konzentrieren, aber ich kann an nichts anderes denken als an verschiedene Szenarien der Keksübergabe. Ich befinde mich in der Baumpose und versuche angestrengt, das Gleichgewicht nicht zu verlieren, als ich endlich einen Geistesblitz habe. Ich werde Hunter, der direkt hinter mir ist, einfach die Kekse zuschieben, wenn wir den Herabschauenden Hund machen. So wenig Aufwand wie möglich, oder?

Oder auch nicht.

Als ich die Herabschauender-Hund-Pose einnehme, greife ich nach dem Keksbeutel unter meinem Sweatshirt, um ihn Hunter zuzustecken. Nur leider verliere ich das Gleichgewicht und lande schmerzhaft mit dem Gesicht auf der Matte. Sofort sprudelt ein knallroter Schwall Blut aus meiner Nase und über die ganze Yogamatte.

»Sanitäter! Mann am Boden!«, ruft Hunter.

Er hat eindeutig zu viele Kriegsvideospiele gespielt.

»Ich bin ein *Mädchen*, falls dir das noch nicht aufgefallen ist«, presse ich hinter dem Handtuch hervor, das ich mir auf die Nase drücke, um die Blutung zu stillen.

Genny Krulinski grinst schadenfroh. Von ihr kann ich kein Mitgefühl erwarten, das steht schon mal fest.

»Okay, macht Platz, Leute!«, schreit Coach W. »Niemand berührt irgendwelche Körperflüssigkeiten!«

Echt klasse – die Lehrerin tut ja so, als hätte ich Läuse oder irgendeine höchst ansteckende, fleischfressende Krankheit, die alle befallen wird, wenn sie mit dem Blut aus meiner Nase in Kontakt kommen.

Das ganze beruhigende Atmen und Meditieren nimmt ein abruptes Ende, als Coach W zum Erste-Hilfe-Kasten stapft, Latexhandschuhe und eine Gesichtsmaske überzieht und Papierhandtücher und das industrielle Desinfektionsmittel holt, mit dem wir unsere Matten nach dem Unterricht reinigen. Sie marschiert auf mich zu und schwingt die Sprühflasche, als wollte sie es mir ins Gesicht spritzen, brüllt dann aber in letzter Minute: »Lehn den Kopf zurück und drück die Nase zu!« Dann sprüht sie genügend Desinfektionsmittel auf die Matte, um alle

Bazillen in einem Umkreis von zehn Kilometern zu killen.

»Was ist passiert?«, fragt sie.

»Ich, äh … bin ausgerutscht.«

»Na ja, geh es langsam an. Ich will keine Verletzungen in meinem Unterricht«, erwidert Coach W und tritt rückwärts von meiner Matte und genau auf mein Sweatshirt und den Keksbeutel.

Für eine Warnung ist es jetzt wohl zu spät. Und meinen genialen Plan, Hunter zu überzeugen, mich zum Ball einzuladen, kann ich auch vergessen. Tja, c'est la vie.

»Das war ein ganz schön spektakulärer Sturzflug«, sagt Aria zu mir, als ich mir nach dem Unterricht das Blut von der Nase wasche. »Du siehst aus, als hättest du gerade eine Runde geboxt.«

»So fühl ich mich auch«, erwidere ich und berühre meine schmerzende und empfindliche Nase. »Und Coach W ist auf die Kekse getreten, die ich Hunter Farthington für den Internationalen Verbreite-Freude-mit-Keksen-Tag geben wollte.«

»Was ist denn der Internationale Verbreite-Freude-mit-Keksen-Tag?«

Ich erkläre ihr die ganze Sache mit dem Jemand-anderen-glücklich-machen.

»Und warum hast du dich für Hunter entschieden?«, fragt sie.

»Was meinst du?«

»Na ja«, sagt Aria, während sie mit dem Ende ihres Zopfs spielt. »Ich meine, Freude mit Keksen zu verbreiten, ist echt klasse, aber er scheint mir nicht wirklich dein Typ zu sein.« Sie zuckt mit den Schultern. »Oder geht's genau darum, auf Leute zuzugehen, mit denen man sonst nicht viel zu tun hat?«

»Genau darum geht's.« Wenn ich nicke, schießt mir der Schmerz die Nase hoch. Hoffentlich ist sie nicht gebrochen, auch wenn es wohl eine gerechte Strafe dafür wäre, dass ich Lügenmärchen erzähle. »Es geht darum, die Welt mit Keksen freundlicher zu machen.«

»Cool«, meint Aria und steuert auf ihren Spind zu, um sich fertig umzuziehen. »Das mache ich jetzt auch.«

Ich habe die Keksübergabe an Hunter verbockt, Damien angelogen und jetzt auch noch Aria. Und zu allem Überfluss schmerzt meine Nase tierisch. Dieser Tag läuft definitiv *nicht* nach Plan.

»Du wirst nie erraten, was passiert ist!«, sagt Katie, als ich sie in der Kantine treffe. »Damien Wolfe hat Sophie McKee in Kunst einen Amerikaner geschenkt und gesagt, dass heute der Internationale Verbreite-Freude-mit-Keksen-Tag wäre und er jemand anderen glücklich machen will. Hast du schon mal so was Schräges gehört?«

Ich versuche zu lächeln, aber es fällt mir schwer, weil mein Hirn Panik schiebt und meine Nase wehtut.

»Doch, hab ich. In der ersten Stunde hat jemand darüber geredet.«

Ich unterschlage die Tatsache, dass dieser Jemand ich war.

»Davon habe ich noch nie gehört«, gibt Katie zurück. »Das ist bestimmt irgend so 'n bescheuerter erfundener Feiertag, nur um mehr Grußkarten zu verkaufen oder so.«

Na ja, mit dem erfundenen Teil hat sie recht.

Und dann setzt sich Nicole zu uns, und sie hat einen dieser riesigen Haferrosinenkekse in der Hand, die im Schulcafé verkauft werden.

»Leute, schaut mal! Aria Thornebriar hat mir gerade einen Keks geschenkt!«, ruft sie. »Sie hat gesagt, heute wäre der Internationale Verbreite-Freude-mit-Keksen-Tag. Ich teile ihn mit euch, weil ich jemand anderen glücklich machen will.«

»Wieso hat eigentlich keiner *mir* einen Keks geschenkt?«, beschwert sich Katie. »Verdiene ich keine Keksfreuden? Langsam komme ich mir wie die totale Loserin vor.«

»Jetzt weißt du, wie es mir bei meiner Suche nach einem Date für den Herbstball geht«, murmele ich.

Jammer nicht, dein Prinz wird kommen,
Sobald deine Schönheit ist vollkommen,
Seid'nes Haar und Haut so rein
Dann wird er sicher bald erschein'.

Kann man einem Gegenstand einen Maulkorb verpassen? Das muss ich auf meine Liste von Sachen setzen, die ich Google fragen will.

»Bis nächsten Samstag hast du bestimmt ein Date«, versichert mir Nicole mitfühlend. Für sie ist das leicht gesagt, sie hat ja schon einen Begleiter: Dave Theis. »Und, Katie, hab ich nicht gerade erklärt, dass ich meine Keksfreude mit dir teile?«

»Ja, schon«, erwidert Katie. »Aber ich würde Quinn schwer raten, mir einen Keks zu schenken, mehr hab ich dazu nicht zu sagen.«

»Aber das ist eigentlich nicht wie Valentinstag«, protestiere ich. »Es ist eine freundliche Geste einer willkürlichen Person gegenüber, auf die man zugehen will, das hat nichts mit deiner besseren Hälfte zu tun.«

Ich kann nicht fassen, dass ich mir neue Regeln für diesen nicht existenten Feiertag aus den Fingern sauge, den ich erst heute Morgen erfunden habe. Ich verwandele mich langsam, aber sicher in Pinocchio.

»Geschenkt«, grummelt Katie und bricht sich ein Stück Haferrosinenkeks ab. »Ich finde trotzdem, dass er mir einen schenken sollte. Einfach darum.«

Diese Keksgeschichte ist gerade dabei, völlig außer Kontrolle zu geraten. Was ist, wenn Quinn Katie keinen Keks schenkt und sie dann sauer auf ihn wird und sie sich trennen und nicht zusammen auf den Ball gehen? Das wäre allein meine Schuld, weil ich den bescheuerten Internationalen Verbreite-Freude-mit-Keksen-Tag erfunden habe, um Damien Wolfe nicht die Wahrheit sagen zu müssen, als er mich gefragt hat, warum ich ihm Kekse schenke.

»Warum schenkst *du ihm* nicht einfach einen?«, schlage ich vor. »Onkel Herb sagt, dass Liebe durch den Magen geht.«

Katies Gesicht hellt sich auf.

»Das ist eine tolle Idee!«, sagt sie und nimmt zwei Dollar aus ihrem Geldbeutel. »Ich hol ihm einen Schokokeks.«

Sie saust davon, stellt sich in die Schlange, um den Keks zu kaufen, und lässt Nicole und mich allein zurück. Wir verputzen den restlichen Keks.

»Auch wenn Katie es bescheuert findet, mir gefällt der Internationale Verbreite-Freude-mit-Keksen-Tag«, meint Nicole. »Ich war heute Morgen schlecht drauf, weil mein Bruder so lange in der Dusche gebraucht hat, dass ich mir die Haare nicht waschen konnte, und dann habe ich meine Strumpfhose zerrissen, weil ich sie zu schnell hochgezogen habe, und dann hab ich eine Zwei minus in meinem Physiktest bekommen, obwohl ich eigentlich ein besseres Gefühl hatte …« Sie hielt inne, um Luft zu holen. »Und als Aria Thornebriar mir den Keks geschenkt hat, weil heute Internationaler Verbreite-Freude-mit-Keksen-Tag ist, ging's mir schlagartig besser.«

Hm. Wenn Nicole wegen meines behämmerten, erfundenen Tags so viel besser drauf ist, kann ich ihn nicht wirklich hassen, oder?

Und als ich am Nachmittag durch die Schulgänge gehe, fällt mir auf, dass die Stimmung anders ist als sonst. Alle sind beschwingter, lächeln einander mehr an, und Schüler, die sonst nicht miteinander abhängen, unterhalten sich.

Jenna Peasley schenkt Mr Scott, dem Hausmeister, einen Keks und bedankt sich bei ihm, dass er die Schule sauber hält. Wir reden hier von Jenna Peasley, der Schülersprecherin, die gegen *alles* protestiert, von der Rauheit des Toilettenpapiers bis hin zur Wassertemperatur der Trinkfontänen. Man kann es ihr wohl nicht übel nehmen, dass sie auf solche Sachen empfindlich reagiert. Wenn man eine Mutter hat, die so prinzessenhaft ist, dass sie die ganze Nacht kein Auge zumachen kann und mit blauen Flecken aufwacht, nur weil sich eine winzig kleine Erbse unter ihre zwanzig Matratzen geschoben hat, leidet man zwangsläufig irgendwann an Sinnesstörungen.

Als ich auf dem Weg nach draußen am Schulsekretariat vorbeilaufe, sehe ich, wie Jackson Greenleaf Mrs Dickinson einen Keks schenkt. Er verbringt nämlich sein halbes Leben dort und treibt sie damit in den Wahnsinn, dass man ihn ständig zum Direktor schickt, weil er auf Dinge steigt, auf die er nicht steigen sollte. (Sein Dad ist in seiner Jugend eine Bohnenranke in den Himmel hochgeklettert, daher hat er das wohl im Blut.) Mir kommt es so vor, als würde ich durch ein alternatives Glücksuniversum laufen, was echt cool ist – wenn das alles nicht damit angefangen hätte, dass ich Lügenmärchen erzählt habe. Darf man sich wegen seiner Lügen weniger schuldig fühlen, wenn sie dazu beigetragen haben, den Tag anderer Leute zu verschönern?

In dem Moment fällt mir auf, dass Sophie McKee vor mir herläuft und sich mit ihren Freundinnen unterhält. Und da höre ich sie sagen: »Dann hat er mich gefragt, ob ich mit ihm auf den Herbstball gehen will!«

Mir rutscht das Herz in die Hose. *Meint sie etwa …?*

»Du gehst mit Damien Wolfe auf den Herbstball?!«, schreit Sophies Freundin. »Hammer!«

»Ich weiß!«, sagt Sophie. »Internationaler Verbreite-Freude-mit-Keksen-Tag ist mein Glückstag!«

Für alle anderen vielleicht. Für mich nicht wirklich.

Der Herbstball ist in einer Woche und zwei Tagen, und ich habe nur noch einen möglichen Date-Kandidaten, Hunter Farthington – der Typ, der glaubt, Leute aus Ohio heißen »O-heinis«.

Zum Glück finde ich auf der Busfahrt nach Hause einen Platz. Ich hole die juwelenbesetzte Puderdose aus meinem Rucksack. Als ich sie aufmache, blickt mir Spiegelmädchen entgegen.

Ich wüsste zu gerne, ob der Spiegel Fragen beantwortet oder ob er nur ungebetene Ratschläge gibt. Es ist einen Versuch wert.

Hey, Spiegel, wie kommt's, dass ich kein Date für den Ball finde?, denke ich.

Zuerst antwortet mir nur Schweigen, und ich frage mich, ob jetzt, da ich tatsächlich den Rat des Spiegels hören will, er nicht mehr mit mir reden will. Aber dann meldet er sich doch zu Wort.

Prinzesschen, willst du mich was fragen,
Musst du's in richt'gen Versen sagen.
Gib dir Mühe, schreib ein Gedicht,
Denn gemeine Sprache zieht bei mir nicht.

Heißt das etwa, dass ich mir ein Gedicht einfallen lassen muss, jedes Mal, wenn ich dem Spiegel eine Frage stellen will? Ist der Spiegel der Geist eines frustrierten Lehrers, oder was?

Ich zermartere mir das Hirn, wie ich meine Frage gereimt stellen könnte. Dichten war noch nie meine Stärke.

Spieglein, Spieglein, in meiner Hand,
Ich brauch ein Date, nett und charmant,
Der mit mir auf den Herbstball geht,
Oh, bitte, Spiegel, erhör' mein Gebet.

Ein paar Sekunden später höre ich die Antwort des Spiegels.

Mit glänzendem Haar und Haut so rein
Wirst du schon bald die Schönste sein.
Kopf hoch, Brust raus, und du wirst sehen,
Kein Prinz kann dir mehr widerstehen.

Nur damit ich das richtig verstehe: Nach Ansicht des Spiegels habe ich noch kein Date für den Herbstball, weil *ich die Schultern hängen lasse*?

Ich würde ihn um Klarstellung bitten, aber ich bin zu müde, um mir auch nur noch einen einzigen Reim zu überlegen. Außerdem sitzt mir ein verschlagen aussehender Kerl gegenüber und beäugt meine juwelenbesetzte Puderdose auf eine Art, die mich nervös macht. Ich klappe sie zu und stecke sie zur Sicherheit ganz unten in meinen Rucksack, in der Hoffnung, dass er vor mir aussteigt. Was er zum Glück auch tut.

Mann! Das war wirklich alles andere als großstadtschlau. Ich werde Mom immer ähnlicher. *Hüte dich vor fremden Leuten, Rosie!*

Nachdem ich meine Hausaufgaben gemacht habe, übe ich zu Hause, den Gang vor meinem Zimmer mit einem Buch auf dem Kopf auf- und abzugehen, nur für den Fall, dass der Spiegel recht hat und ich *wirklich* nur deshalb kein Date habe, weil ich die Schultern hängen lasse. Und es ist mal wieder typisch, dass Dad genau in dem Moment durch die Wohnungstür kommt und mich dabei erwischt.

»Ist das irgendeine neumodische Lernmethode?«, fragt er und lehnt sich mit einem breiten Grinsen im Gesicht an die Wand. »Man läuft mit dem Buch auf dem Kopf herum, in der Hoffnung, das Wissen durch Osmose aufzunehmen?«

Ich nehme das Buch schnell vom Kopf und werfe ihm einen finsteren Blick zu. »Nein. Ich versuche meine Haltung zu verbessern.«

Er drückt sich von der Wand ab, kommt zu mir und küsst mich auf die Stirn. »Weißt du, anstatt mit einem Buch auf dem Kopf rumzulaufen, könntest du dich einfach gerade hinstellen.«

»Wow, Dad. Warum bin ich nicht selbst auf diese Idee gekommen?«

»Woher kommt auf einmal diese Sorge um deine Haltung, Schatz?«, fragt Dad. »Ist heute irgendwas passiert?«

Ein Teil von mir möchte Dad davon erzählen, dass dem Rat meiner Onkel zu folgen nach hinten losgegangen ist, sowie vom sprechenden Spiegel und was er gesagt hat, aber ich habe Angst, dass er dann anfängt, mir eigene Ratschläge zu geben. Ich kann mir schon vorstellen, wie die lauten würden: *Leg dich mitten im Central Park in einen Glassarg und sehe so wunderschön aus, dass ein attraktiver Prinz dich unbedingt küssen will.*

Nicht gerade der praktischste Rat für eine Jugendliche aus dem einundzwanzigsten Jahrhundert, die in New York lebt. Er könnte natürlich auch glauben, dass ich genauso durchknalle wie meine Stiefgroßmutter.

Deshalb drücke ich ihn einfach nur und erwidere: »Ach, nichts.« Ich imitiere Moms Tonfall, so gut ich kann. »Ich möchte mich einfach nur von meiner besten Seite zeigen, à la *MärchenhafterLeben.com*!«

Dad lacht.

»Du bist wirklich die Tochter deiner Mutter«, meint er.

Aber Mom hat ihren attraktiven Prinzen gefunden. Im Gegensatz zu mir.

Kapitel 8

Am nächsten Morgen gebe ich mir mit meinem Äußeren ganz besonders Mühe. Da nur noch ein Dating-Kandidat übrig ist, muss ich mich noch mehr ins Zeug legen. Es ist wohl an der Zeit, diese ganze Schönste-im-ganzen-Land-Geschichte ernst zu nehmen. Als ich fertig angezogen bin, krame ich die Puderdose unten aus meinem Rucksack heraus, mustere mich in ihrem Spiegel und stelle die Frage:

Spieglein, Spieglein, hör mich an,
Schlag ich in diesem Outfit Jungs in den Bann?
Der Ball ist schon bald, und ich bin noch solo.
Wenn du mir nicht hilfst, werde ich nie mehr fro-ho.

Ja, ich weiß, ich bin nicht Shakespeare. Als Dichterin bin ich eine Niete. Ich hoffe nur, dass meine schwachen Reime gut genug für den Spiegel sind.

Schweigen im Walde …

Mein Mund ist trocken, während ich auf das Urteil des Spiegels warte. Ich frage mich, ob sich Stiefgroßmutter auch jedes Mal so gefühlt hat, wenn sie ihr Spiegelbild betrachtet und darauf gewartet hat zu hören, ob sie wirklich die Schönste im ganzen Land war oder ob es wieder nur für den zweiten Platz gereicht hat.

Da trifft es mich wie ein Schlag – die Meinung des Spiegels fängt an, mir wichtig zu sein. Die schwere goldene Puderdose zittert in meiner Hand, während ich warte, ob ich die Prüfung bestehe.

Du bist die Schönste, Prinzessin Rosamunde.
Jetzt endlich erhalten alle davon Kunde.
An Dates wird es dir nimmer fehlen.
Vielmehr wirst du die der anderen stehlen.

Reden wir hier von Jungs? Ich klappe die Puderdose mit einem Knall zu. Bei nur einem potenziellen Dating-Kandidaten kann man nicht gerade davon sprechen, dass ich eine große Herzensbrecherin wäre, daher weiß ich nicht, was »vielmehr wirst du die der anderen stehlen« bedeuten soll.

Vielleicht ist der Spiegel wie Dad und braucht morgens erst mal eine Tasse Kaffee, bevor er irgendetwas Sinnvolles von sich gibt.

Oh Mann, jetzt glaube ich auch schon, dass ein Gegenstand Kaffee braucht, um aufzuwachen …

Während für mich kein Zweifel mehr daran besteht, dass ich genau wie meine Stiefgroßmutter den Verstand verliere, nehme ich meinen Rucksack, rufe meinen Eltern zum Abschied zu und mache mich auf den Weg zur Schule.

Damien Wolfe sucht mich in der ersten Stunde auf und bedankt sich dafür, dass er gestern der Empfänger meiner Verbreite-Freude-mit-Keksen-Initiative war.

»Ich meine, du kennst mich ja nicht mal besonders gut, und … es war cool, dass du das gemacht hast«, sagt er. »Es war echt gutes Karma.«

Ja, für alle außer mich, denke ich.

Aber ich schenke ihm ein Lächeln, auf das der Spiegel stolz wäre, und erwidere: »Das freut mich.«

Dann reicht er mir ein gefaltetes Blatt Papier.

»Das hab ich für dich gezeichnet.«

Ich falte es auseinander. Es ist eine Original-Damien-Wolfe-Cartoon-Zeichnung von mir mit einem Keks – in der ich viel besser aussehe als normal, fast wie eine Superheldinnenversion meiner selbst. Ich stehe am Anfang einer großen Kette lächelnder Gesichter, die zu anderen Keksen und noch mehr lächelnden Gesichtern führt. Ein Kloß steigt mir in den Hals.

»Wow. Das ist … der Hammer«, presse ich um den Kloß herum hervor.

»Ich wollte einfach nur was Nettes für dich machen. Denn nachdem du mir die Kekse geschenkt hast, hatte ich den Mut, Sophie zum Herbstball einzuladen«, gesteht Damien. »Und sie hat Ja gesagt!«

Ich tue so, als wäre ich überrascht. »Ich freue mich total für dich!«

Komischerweise muss ich nicht mal vortäuschen, dass ich mich freue, wie ich zuerst dachte.

Auf dem Weg zur zweiten Stunde zieht mich Quinn Fairchild auf dem Gang zur Seite. Er will mich wohl was über Katie fragen – vielleicht, was für Blumen sie mag.

Aber er hält mich weiter am Ellbogen fest, als er sich gegen die Spinde lehnt, und rückt mir ein bisschen zu nah auf die Pelle; so nahe, dass ich seine Orangensaftfahne riechen kann.

Quinn sollte sich echt die Zähne nach dem Frühstück putzen, sonst kriegt er noch Karies, denke ich unweigerlich.

»Hör mal, Rosie, was hältst du davon, wenn wir zusammen auf den Herbstball gehen?«, fragt Quinn.

Ich muss loslachen, und er umklammert meinen Ellbogen noch fester. In dem Moment fällt mir sein schockierter und wütender Gesichtsausdruck auf, und mir wird klar, dass er es ernst gemeint hat.

Ich befreie meinen Ellbogen aus seinem Griff und fauche: »Hast du sie noch alle? Du *hast* schon ein Date, oder hast du dieses kleine Detail etwa vergessen?«

Quinn versucht sich aus der Sache herauszuwinden, indem er so tut, als wüsste er nicht, dass Katie und ich beste Freundinnen sind.

»Wer denn?«

»Katie?! Du weißt schon, meine beste Freundin?«

»Oh. Na ja …« Er legt die Stirn in Falten, während er angestrengt versucht, sich eine glaubhafte Entschuldigung einfallen zu lassen, als wäre das überhaupt möglich. »Katie und ich haben mal darüber geredet, zusammen auf den Ball zu gehen, aber es war nicht, na ja, hundertprozentig abgemacht.«

»Komisch«, erwidere ich. »Ich bin mir nämlich ziemlich sicher, dass *Katie* es für eine feste Abmachung hält. Ich bin mir sogar hundertprozentig sicher, dass es so ist.« Ich wende mich zum Gehen, bleibe aber stehen, blicke über meine Schulter zu ihm zurück und schiebe hinterher: »Nie im Leben würde ich mit dem Date meiner besten Freundin ausgehen. Nicht mal im Traum.«

»Ich wusste nicht, dass ihr beste Freundinnen seid«, wendet Quinn ein.

»Dann solltest du vielleicht ein wenig mehr Interesse an deinem Date zeigen«, sage ich, bevor ich den Gang hinunterstapfe.

Die Sorge darüber, ob ich Katie erzählen soll, was passiert ist, verdrängt schließlich die Sorge, dass ich kein Date für den Herbstball habe, von Platz eins meiner Rosie-Panik-Liste.

Katie ist superaufgeregt, dass sie mit Quinn auf den Ball geht. Seit er sie gefragt hat, redet sie über nichts anderes mehr. Was ist, wenn ich es ihr erzähle, und es alles kaputtmacht? Aber was ist, wenn ich es ihr *nicht* erzähle und Quinn sie am Ende verletzt, weil er so ein Vollidiot ist?

Als ich die Kantine erreiche, weiß ich immer noch nicht, was ich tun soll. Ich setze mich zu Nicole und Katie, die gerade mitten in einem Satz steckt.

»Und ich habe Quinn gesagt, dass wir uns passende Rosen besorgen sollten – ich stecke mir meine ins Haar und er kann seine im Knopfloch tragen. Was meinst du, weiße oder pinke Rosen?«

»Weiß«, sagt Nicole. »Ich kann mir nicht vorstellen, dass Quinn sich überreden lässt, Pink zu tragen.«

Katie seufzt.

»Ich weiß. Das ist echt schade, Pink ist meine Lieblingsfarbe.«

Ich öffne den Mund, um ihr mitzuteilen, was für ein absoluter Vollidiot Quinn ist, weil er mich nach der zweiten Stunde zum Ball eingeladen hat, obwohl er schon mit ihr hingeht, doch stattdessen sage ich: »Du könntest dir auch einfach zwei Minirosen in den Zopf flechten, eine weiß und eine pink.«

»Das ist eine klasse Idee, Rosie!«, ruft Katie begeistert. »Aber ich sollte sowieso erst mal abwarten, bis ich das richtige Kleid gefunden habe. Oh, ich habe eine Liste aller Läden gemacht, in denen ich mich am Samstag umsehen will.«

Sie holt ihr Handy heraus und fängt an, alle Geschäfte

herunterzurattern, in denen wir uns auf die Jagd nach *dem* Kleid machen werden.

Und einfach so ist mein Moment der Ehrlichkeit verflogen. Ich muss einfach hoffen, dass Quinn doch nicht der Vollidiot ist, für den ich ihn halte, und dass niemand je herausfindet, dass er mich zum Ball eingeladen hat.

Mrs Minnich gibt uns in Englisch unsere *Romeo-und-Julia*-Aufsätze zurück.

»Erfrischende Analyse, Rosie«, sagt sie und reicht mir meinen Aufsatz mit einem Lächeln zurück. Dafür habe ich eine Eins minus und einen Smiley bekommen.

Ich bin froh, dass ich nicht so getan habe, als würde ich an den ganzen Liebe-auf-den-ersten-Blick-Kram glauben, nur um eine gute Note zu kriegen, und geschrieben habe, was ich wirklich denke. An mir fühlt sich gerade nur wenig aufrichtig an.

»Ich bin schon auf deine Gedanken zu ›Annabel Lee‹ gespannt«, sagt sie.

Wir haben mit unserer Gedichteinheit angefangen, und das erste Gedicht, das wir lesen mussten, war »Annabel Lee« von Edgar Allen Poe. Der Sprecher ist von Annabel besessen, dem Mädchen, das aus einem Königreich am Meer kommt. Sie lernen sich als Kinder kennen, und natürlich ist der Typ total in Liebe für Annabel *entbrannt* und behauptet, sie wäre genauso von ihm besessen. Er sagt: »*Und dies Mädchen lebte für mich allein/Und ich lebt allein für sie.«* Da denke ich bloß: *Jetzt mal im Ernst? Ihr ganzes Leben hat sich wirklich nur um ihn gedreht? Sie hat nie gedacht: »Ich hab gerade das beste Buch ALLER ZEITEN gelesen«, oder »Ich frag mich, was meine ALLERBESTEN FREUNDINNEN unten im Village machen? #Lasstunswasunternehmen« oder »Glaubt dieser von sich selbst besessene, widerliche Typ wirklich, dass ich an nichts anderes denke als an ihn? #Stalker«.*

Ich hatte Angst, dass alle Gedichte so sein würden, bis Mrs Minnich uns »Sonett 43« von Elizabeth Barrett Browning zu lesen aufgab. »*Wie ich dich liebe? Lass mich zählen wie*«, fragt sie. Elizabeth B. B. liebt »*frei, im Recht, und rein*«. Aber obwohl ihr Dichter-Ehemann Robert die Liebe ihres Lebens war, kann ich mir nicht vorstellen, dass Elizabeth *nur für ihn allein lebte.* Denn sie schrieb nicht nur Gedichte, sie engagierte sich für die Abschaffung der Sklaverei, obwohl ihre Familie durch Plantagen in Jamaika, die davon abhingen, reich geworden war. All das, während sie ihr Leben lang an einer chronischen Krankheit litt. Elizabeth Barrett Browning ist der Hammer.

Obwohl ich mir mit meinem Outfit so viel Mühe gegeben habe, bin ich Hunter Farthington den ganzen Tag lang kein einziges Mal über den Weg gelaufen, und es sind nur noch acht Tage bis zum Ball. Ich muss ihn finden. Deshalb renne ich, sobald der Unterricht vorbei ist, den Gang zu seinem Spind hinunter und schlendere dann ganz gelassen daran vorbei. Er hängt mit seinen Freunden ab, und ich höre zufällig, wie Hunter sagt, dass er zu Starcups geht, um sich vor dem Training einen Eismokka zu holen. Ich beschließe sofort, auch dorthin zu gehen.

Als ich Hunter in diskretem Abstand aus dem Gebäude folge, komme ich mir wie eine Spionin vor, die einen anderen Agenten beschattet.

Oder, wie mir zu meinem Entsetzen klar wird, wie ein Stalker. Ich will nicht wie der »Annabel Lee«-Typ sein. Deshalb hole ich ihn ein, sobald wir aus dem Gebäude raus sind.

»Hey, Hunter, alles klar? Gehst du zu Starcups?«

»Ja«, grunzt er, während er sich umdreht und meine Anwesenheit wahrnimmt. Dabei knallt er mir seine Sporttasche gegen die Hüfte.

»Au!«

»'tschuldigung.«

»Ich wollte auch dorthin.«

»Cool«, sagt er.

Wir laufen in peinlicher Stille nebeneinanderher.

Okay, Dating-Tipps. Hilfe!

Ich höre, wie Onkel Bijou zu mir sagt: *Musik ist die Seele der Liebe … Finde heraus, welche Musik seine Seele bewegt und sing was im Vorbeilaufen.*

Musik, die seine Seele bewegt … *Denk nach, Rosie, denk nach!*

Schließlich habe ich einen Geistesblitz. Obwohl ich

weiß, dass ich absolut nicht singen kann, fange ich an »We are the Champions« zu singen.

Ich komme mir wie ein Idiot vor, als ich den Song anstimme, und das umso mehr, als mir Passanten den Noch-ein-durchgeknallter-New-Yorker-Blick zuwerfen. Hunter läuft neben mir her, eine muskelbepackte Mauer des Schweigens. Ich habe Angst ihn anzusehen. Als wir Starcups erreichen, dreht er sich mit schmerzverzerrter Miene zu mir.

»Rosie, du bist wirklich süß«, sagt er. »Aber Singen … nein. Lass lieber mal stecken.«

Autsch. Na ja, zumindest hat er gesagt, ich wäre süß.

»Ja, ich weiß«, gebe ich zu, als wir hineingehen.

Im selben Augenblick bemerke ich den geheimnisvollen Shakespeare-Typen, der in einem der bequemen Sessel neben dem Fenster sitzt und ein Buch liest. Er blickt auf und sieht mich, und ich winke ihm zur Begrüßung zu und lächele, aber er scheint mich nicht wiederzuerkennen. Sein Buch ist offenbar interessanter als mein neues, aufgemotztes Ich. Ich balle die Hände zu Fäusten. So sollte das eigentlich nicht laufen. Was mache ich falsch?

»Warum singst du, wenn du weißt, dass du's nicht kannst?«, fragt Hunter.

In diesem Moment wird mir klar, dass Hunter der letzte Mensch ist, mit dem ich hier sein will. Ich bin mir nicht mal sicher, ob ich überhaupt noch mit ihm auf den Herbstball gehen will, obwohl er mein letzter potenzieller

Dating-Kandidat ist. Denn auch wenn ich nur gesungen habe, weil Onkel Bijou meinte, dass es mir helfen würde, ein Date zu finden, und ich tief in meinem Innern wusste, dass es eine wirklich bescheuerte Idee war, warum sollte ich nicht singen, selbst wenn ich es nicht gut kann?

»Ich singe gern«, erwidere ich. »Es macht mich glücklich.«

Er zuckt mit den Schultern.

»Mach bloß nicht bei irgendwelchen Castingshows mit«, gibt er zurück. »Bei einem Schönheitswettbewerb würdest du allerdings voll abräumen. Bei der Miss-Teen-Amerika-Wahl würde ich total für dich stimmen.«

Ich spüre, wie sich die Puderdose unten in meinem Rucksack rührt.

Prinzessin Charming, zweifle nicht,
Glaube, was der Spiegel spricht:
Der Bursche macht dir schöne Augen.
Ich bin mir sicher, er wird was taugen.

Da ich mitten im Starcups stehe, kann ich keinen Streit mit dem Spiegel vom Zaun brechen, aber a) der Bursche hat mich immer noch nicht gefragt, ob ich mit ihm auf den Herbstball gehen will, was ja Sinn und Zweck der Übung war, und b) was habe ich von einem Burschen, der mir vorschreiben will, was ich zu tun und zu lassen habe?

»Gut zu wissen«, sage ich zu Hunter.

Prinzessin Rose, so edel und schick,
Das schönste Mädchen, das ich je erblickt,
Gewinnst jeden Wettstreit, das liegt auf der Hand,
Denn du bist die Schönste im ganzen Land.

Wie in den Reality-TV-Shows wird der Spiegel zu einer dieser aggressiven Schönheitswettbewerbsmütter.

Die Schlange im Café bewegt sich jetzt unglaublich langsam voran, denn es ist direkt nach Unterrichtsende, und hinter der Theke nimmt lediglich ein Mädchen die Bestellungen auf. Sie sieht todunglücklich aus in ihrem schwarzen T-Shirt mit nach hinten gebundenen dunklen, lila gesträhnten Haaren und einem unübersehbaren Nasenring, der an der Seite glitzert. Ich stehe hinter Hunter, habe ihm aber nicht viel zu sagen, und bei diesem Schweigen fühle ich mich unbehaglich. Vielleicht ist das Grund für das, was ich gleich tue – denn ich muss *irgendetwas* finden, über das ich mit ihm reden kann.

»Was ist mit ihr?«, frage ich Hunter und deute mit dem Kopf auf das Mädchen hinter der Theke. »Würdest du bei der Miss-Teen-Amerika-Wahl für sie stimmen?«

Hunter lacht. Eigentlich klingt es vielmehr wie ein peinlich lautes Prusten, das das Mädchen hinter der Theke bestimmt hören kann – sowie das, was er als Nächstes sagt.

»Was, die potthässliche Braut hinter der Theke? Nie im Leben!«

»Ja, ich weiß. Die hätte bei einem Vampira-Königin-der-Nacht-Wettbewerb mehr Erfolg«, füge ich hinzu.

Darüber muss Hunter noch lauter lachen. Er boxt mich zur Anerkennung für meinen geistreichen Spruch sogar gegen den Oberarm, auf dieselbe Art, wie er es bei Quinn machen würde. Nur bin ich nicht Quinn und werde einen blauen Fleck davontragen.

Ich kann nahezu hören, wie der Spiegel in meinem Rucksack Beifall klatscht – oder Beifall klatschen würde, wenn er Hände hätte. Je schlimmer ich mich benehme, umso mehr scheint mich dieses Ding zu mögen. Hunters Gelächter und die Zustimmung des Spiegels spornen mich weiter an. Und die Worte, die aus meinem Mund kommen, überraschen sogar mich.

»Warum würde irgendjemand morgens aufstehen und sich so anziehen? Da könnte sie genauso gut mit einem Schild rumlaufen, auf dem steht: ›Ich bin eine Loserin – sprecht mich nicht an.‹«

»Ich weiß«, sagt Hunter. »Einfach nur grässlich.«

Ich streiche den Rock meines modischen, von Phillipe zusammengestellten Outfits glatt und werfe das Haar zurück.

»Nicht jeder kann so gut aussehen wie wir, was?«

»Wahrscheinlich nicht«, erwidert Hunter.

Wir sind endlich an der Reihe, unsere Bestellungen aufzugeben, sodass ich kein Gespräch mehr erzwingen muss. Hunter scheint das Ganze kein bisschen peinlich zu sein, aber ich kann dem Emo-Mädchen nicht in die Augen schauen, denn jetzt, da ich direkt vor ihr stehe, habe ich Angst, dass sie uns gehört hat, und habe ein schlechtes Gewissen.

Sie nimmt einfach nur meine Bestellung auf und reicht mir mein Wechselgeld. Ich sage Danke und lächele, auch wenn ich nicht den Mut habe, ihrem Blick zu begegnen.

»Muss los«, sagt Hunter und nippt an seinem Eismokka. »Darf nicht zu spät zum Training kommen, sonst krieg ich Ärger mit dem Coach.«

»Oh. Ja. Viel Glück beim Spiel morgen.«

»Kommst du etwa nicht, um mich anzufeuern?«, fragt Hunter. »Es ist ein Heimspiel.«

Das ist es!, geht mir auf. Genau das hat Katie mir geraten: Ich soll so tun, als würde ich mich für seine Spiele interessieren. Mir war nur nicht klar gewesen, dass ich mir zu diesem Zweck den Hintern an der Seitenlinie abfrieren und *zuschauen* muss. Aber jetzt da der Countdown für den Herbstball läuft, müssen Opfer gebracht werden.

»Ich schau mal, ob ich Zeit habe«, erwidere ich und werfe ihm, so hoffe ich, mein Schönste-im-ganzen-Land-Lächeln zu.

»Ich halt nach dir Ausschau«, sagt er und strahlt mich mit einem Zwinkern an, als er sich zum Gehen wendet.

Volltreffer!

Ich kann nicht anders als Befriedigung zu empfinden, dass ich endlich sein Interesse geweckt habe. Die Kombi aus geheucheltem Interesse und Schönste-im-Land-Lächeln hat was für sich.

Prinzessin Rose, ich hab's dir gesagt,
Der Spiegel hat noch nie versagt.
Dein Prinz wird dieser Bursche schnell,
Gleich nach dem nächsten Fußballduell.

Ich warte auf meinen Skinny-Mokka und sehe dann hinüber zum geheimnisvollen Shakespeare-Typen. Er sitzt immer noch neben dem Fenster und liest. Der Sessel ihm gegenüber ist leer. Ich spaziere hinüber, als wäre nichts dabei, und frage: »Ist der Platz frei?«

Lächelnd reiße ich die Augen weit auf und drehe das Strahlen des neuen, aufgemotzten Spiegelmädchens auf volle Leistung. Zeit den Schönste-im-ganzen-Land-Kram anzuwenden.

»Klar«, sagt er und sieht kaum von seinem Buch auf.

Warum ist Geheimnisvoller Shakespeare-Typ gegen den Charme von Spiegelmädchen immun, wenn sie auf alle anderen so eine starke Wirkung hat? Was ist los mit ihm?

Ich trinke einen Schluck von meinem Mocha und krame unten in meinem Rucksack nach dem Spiegel. Auch wenn ich ihn nicht herausnehmen kann, verleiht mir die Berührung der Edelsteine und des warmen Goldes Selbstvertrauen. Ich *bin* jetzt die Schönste im ganzen

Land. Das hat der Spiegel selbst gesagt. Er behauptet sogar, ich wäre das schönste Mädchen, das er je erblickt hat.

Wenn ich nur seine Aufmerksamkeit von seinem Buch auf mich lenken könnte. Ich stelle meine Tasse auf den Tisch zwischen uns und denke an die Dating-Tipps, die man mir gegeben hat. Vielleicht singen? Nein, das war bei Hunter der totale Reinfall. Ihm etwas zu essen kaufen, wäre zu offensichtlich. Mitten im Starcups anfangen zu tanzen, wäre viel zu schräg, um nicht zu sagen peinlich.

Auf der anderen Seite des Cafés stößt ein kleines Kind seinen Becher um. Der Deckel fällt ab, und die Schokomilch ergießt sich über den Tisch, und alle um ihn herum springen auf, damit sie nicht vollgespritzt werden. Es ist bestimmt nicht der optimalste Weg, um den geheimnisvollen Shakespeare-Typen dazu zu bringen, von seinem Buch aufzublicken, aber es könnte funktionieren.

Daher schlage ich die Beine übereinander, stoße mit dem Fuß *aus Versehen absichtlich* gegen das Tischbein und bringe so meine Tasse zu Fall.

»Oh mein Gott, es tut mir *so* leid!«, sage ich und tupfe anmutig den Kaffee mit meiner Serviette auf. Da ist eine Menge mehr, als ich gedacht hätte. Es ist eine ziemlich spektakuläre Sauerei.

GST springt auf, als die Mocha-Flut die Tischkante auf seiner Seite erreicht und auf dem Knie seiner Jeans einen Fleck hinterlässt.

Er wirft mir einen bösen Blick zu. Das läuft nicht wie geplant.

»Ich hole ein paar mehr Servietten«, sage ich, stürme zur Theke und schnappe mir eine Handvoll. Dann gehe ich zurück zum Tisch, werfe mit einer Hand die Servietten über die Kaffeepfütze und fange an, sein Knie mit der anderen abzutupfen.

»Es tut mir wirklich leid. Es war keine Absicht«, stammele ich. »Das ist einfach dumm gelaufen. Ich bin manchmal ein bisschen tollpatschig, du weißt schon, wie das ist. Tut mir leid, dass ich dich beim Lesen unterbrochen habe. Ist es ein gutes Buch?«

Die ganze Zeit betrachtet er mich mit diesem seltsamen Ausdruck im Gesicht. Dann packt er mein Handgelenk und nimmt meine Hand von seinem Knie.

»Moment mal ... Bist *du* das?«, fragt er, während er mich weiter anstarrt. »Ms *Romeo ist nicht romantisch, er ist ein Weiberheld*?«

Ich stehe mit einem Packen kaffeegetränkter Papierservietten in jeder Hand da und versuche zu lächeln und würdevoll zu wirken, wie die Schönste-im-ganzen Land-Prinzessin, die ich laut des Spiegels bin.

»Das bin ich.«

GST reißt die Augen auf.

»Wow. Du hast letztens auf jeden Fall mehr als eine neue Frisur bekommen«, sagt er.

Die männliche Bevölkerung der Highschool hat mir

deutlich zu verstehen gegeben, dass ihr mein neues Ich besser gefällt. Der Freund meiner besten Freundin hat mich gefragt, ob ich mit ihm auf den Ball gehen will. Doch GSTs Reaktion ist schwerer zu deuten. Ich habe das Gefühl, dass er ... nicht so beeindruckt ist.

»Na ja, ich bin immer noch dieselbe alte Rosie«, antworte ich.

Er zieht eine Augenbraue hoch. Es ist durchaus möglich, dass er beide hochzieht, aber eine Locke, die auf eine total niedliche Art über seine Stirn fällt, verbirgt die andere.

»Was, gefällt dir mein neuer Look etwa nicht?«, frage ich.

GST zuckt mit den Schultern.

»Da fragst du den falschen Typen«, gibt er zurück und senkt den Blick auf seine schlichte Jeans und sein T-Shirt, auf dem heute steht: *Genitiv ins Wasser, weil es Dativ ist.* »Ich bin kein Experte in Sachen Mode.«

»Auch wenn du kein Experte in Sachen Mode bist, kannst du trotzdem eine Meinung haben«, erwidere ich.

Er sieht mich aufmerksam an, und ich habe das Gefühl, dass seine Augen direkt in meine Seele blicken.

»Willst du wirklich wissen, was ich denke?«

»Ja«, sage ich, obwohl ich jetzt Angst habe, dass mir die Antwort nicht gefallen wird.

»Meiner Meinung nach wäre das Mädchen, das ich glaube, letztens getroffen zu haben, nicht so unhöflich zur

Bedienung hinter der Theke gewesen. Und das hat sie in meinen Augen viel hübscher gemacht.«

Er nimmt seine Tasche und steckt sein Buch hinein. »Ich muss los.«

Und er marschiert aus Starcups und lässt mich wütend und verwirrt zurück.

Kapitel 9

Nachdem ich Katie und Nicole eine Nachricht geschickt habe, ob sie morgen zum Fußballspiel kommen wollen, verbringe ich den Großteil des Abends in meinem Zimmer und betrachte mich im Spiegel. Ich will wissen, was schiefgelaufen ist. Und ich muss herausfinden, warum der geheimnisvolle Shakespeare-Typ immun gegen meinen Schönste-im-ganzen-Land-Charme war, wenn er doch die meisten anderen Jungs offenbar total umgehauen hat.

Spieglein, Spieglein, komm schon, sag,
Warum der Junge, den ich mag,
Nicht mal mit der Wimper zuckt,
Wenn er die neue Rosie anguckt?

Ich betrachte mein Spiegelbild aus verschiedenen Winkeln, während ich auf die Antwort meines Spiegels warte.

Du bist die Schönste, du allein.
Dein Prinz kann dieser Knecht nicht sein.

Er ist nicht würdig, das solltest du wissen,
auch nur deine hübschen Füße zu küssen.

Wow. Das ist ganz schön hart. Auch wenn ich sauer auf den geheimnisvollen Shakespeare-Typen bin, ist es ein wenig übertrieben, ihn einen Knecht zu nennen. Der Spiegel ist alt. Vielleicht versteht er nicht, dass heutzutage alles politisch korrekter ist. Alle Menschen sind frei und gleich geboren und so weiter.

Spieglein, Spieglein, ich schätze dich sehr,
Doch ist dein Ziel auch noch so hehr,
Ihn Knecht zu nennen, ist verkehrt,
Denn heute ist jeder das Gleiche wert.

Oh nein! Ist das ein Pickel auf meiner Nase? Der ist gerade wie aus dem Nichts aufgetaucht, ich schwör's. Ich frage mich, ob der Spiegel mir zur Strafe Pickel beschert.

Prinzessin Rose, du dumme Maid.
Weißt du denn immer noch nicht Bescheid?
Du bist Prinzessin, die Schönste, die Beste.
Und die, die es nicht sind, sind Abfallreste.

Ich knalle die Puderdose zu.

Die vielen Geschichten, die mir über die Eitelkeit und Grausamkeit meiner Stiefgroßmutter zu Ohren gekommen sind – das war die Stimme, die ich gerade aus dem Spiegel gehört habe.

An diesem Abend kann ich lange nicht einschlafen, und als ich endlich eindöse, träume ich davon, dass ich unter einer Lawine vergifteter Äpfel begraben werde, aber als ich um Hilfe rufe, höre ich nur das Lachen des Spiegels.

Meine Eltern sind beide in der Küche, als ich am nächsten Morgen zum Frühstück reinkomme. Sie tragen immer noch ihre *MärchenhafterLeben*-Seidenbademäntel im Partnerlook, die beide mit einer goldenen Krone und einem *C.* bestickt sind. Dad liest die *New York Times*, und Mom ist in die Samstagsausgabe des *Wall Street Journals* vertieft. Ich habe bereits mehrere Schichten Klamotten an, weil ich mir im Central Park den Hintern abfrieren muss, um mir Hunters Fußballspiel anzusehen.

»Nimm eine Mütze und Handschuhe mit«, sagt Mom. »Es soll heute sehr kalt sein.«

»Na, toll«, stöhne ich. »Perfektes Wetter also, um stundenlang draußen rumzustehen und sich ein Fußballspiel anzusehen.«

»Ich finde Teamgeist ja fantastisch, aber seit wann interessierst du dich für Fußball?«, will Dad wissen.

»Seit mein letztes potenzielles Date für den Ball in der Fußballmannschaft spielt«, gebe ich zu. »Und seit der Ball heute in einer Woche stattfindet und ich immer noch niemanden gefunden habe, der mit mir hingeht.«

»Ah …«, meint Dad. »Verstehe.«

Ich kann ihm ansehen, dass er nachdenkt, und das ist immer beunruhigend, wenn es um mich und Jungs geht.

»Ich könnte mir das Spiel mit dir zusammen anschauen«, schlägt er vor. »Vielleicht kann ich ihn mit meinem neuen CharmingMaster-15-Reflexbogen ermutigen, die entscheidende Frage zu stellen.«

Mom und ich schauen uns an, wenden uns dann beide Dad zu und sagen: *»Nein!«* im Chor.

»Ivan, Liebling, du kannst nicht jedes Problem mit Gewalt lösen«, erklärt Mom. »Hier ist ein subtilerer Ansatz erforderlich.«

»Nur dass keiner meiner subtilen Ansätze irgendwas zu bringen scheint«, seufze ich. »Ich habe versucht, die Ratschläge der Onkel zu befolgen, und das ist nicht besonders gut gelaufen.«

Mein Vater prustet seinen Kaffee durch die Nase heraus.

»Du hast die kleinen Kerle um *Dating-Ratschläge* gebeten?«

»Ivan!« Mom wirft ihm einen Halt-den-Mund-Blick zu, aber ihre rosenroten Lippen verziehen sich in dem Versuch, ein Lächeln zu verbergen.

»Komm schon, Schatz. Selbst *du* musst zugeben, dass das verrückt ist«, stammelt Dad. »Sieben arbeitssüchtige Typen um Dating-Ratschläge bitten?«

»Es stimmt, Rosie. Es hätte dir mehr gebracht, wenn

du einen meiner *MärchenhafterLeben*-Artikel gelesen hättest«, meint Mom. »Ich verstehe nicht, warum du lieber die Onkel um Rat bitten würdest als deine eigene Mutter.«

»Ich habe dich gefragt«, protestiere ich. »Ich habe mich neu stylen lassen und …«

Gerade will ich sagen: *Ich habe den Spiegel um Rat gebeten*, doch dann erinnere ich mich daran, dass Mom mich gebeten hat, es geheim zu halten. »Äh … Ich habe auch meine Freundinnen um Rat gefragt. Aber damit bin ich auch nicht weitergekommen, und mir läuft die Zeit davon.«

»Mach dir keine Sorgen«, beruhigt mich Mom. »Dich wird bestimmt *irgendjemand* fragen. Und dürfen heutzutage Mädchen nicht auch Jungs fragen?«

Dad verschluckt sich an seinem Orangensaft. Bei solchen Sachen ist er ziemlich altmodisch.

»Ich weiß nicht«, sage ich. »Ich meine, bei Diskoabenden mit Mädchenwahl schon – aber beim Herbstball?«

»Warum nicht?«, fragt Mom. »*Du* erzählst mir doch ständig, wie anders es heutzutage für euch Mädchen ist? Und dass du nie im Leben – oder gar *halb tot* – dabei erwischt werden willst, wie du in einem Glassarg herumliegst und auf einen gut aussehenden Prinzen wartest?«

»Aber … aber …«, stammele ich und versuche, mir einen guten Konter zu überlegen.

»Ich glaube, die Petarde ist gerade nach hinten losgegangen, liebste Tochter«, kichert Dad.

Ich starre ihn an. »Die Pe-*was?*«

»Die Petarde. Das ist eine Art Sprengkörper, die wir vor langer, langer Zeit benutzt haben – du weißt schon, in den guten alten Tagen, als deine Eltern noch jung waren«, erklärt Dad mit einem Augenzwinkern. »Damit konnte man wunderbar Tore und Mauern sprengen, wenn man eine befestigte Burg angriff.«

»*Du* hast die Burgen anderer Leute angegriffen?« Ich weiß, dass Mom Dad als ihren Ritter in schimmernder Rüstung betrachtet, und er sieht immer noch gut aus – zumindest für einen Dad –, aber ich habe ihn nie für jemanden gehalten, der *Mauern sprengt*.

»Nur wenn sie meine zuerst angegriffen haben«, versichert mir Dad. »Aber die Redewendung bedeutet, dass du jemanden treffen wolltest, deine Mom zum Beispiel, sich die Aktion aber gegen dich selbst gerichtet hat.«

»Kann ich einfach in Ruhe frühstücken?«, grummele ich. »Ich will nicht mehr darüber reden.«

Ich esse einen großen Löffel Müsli, während Mom und Dad diesen Oh-Mann-Teenager-Blick austauschen. Als ich es bemerke, möchte ich am liebsten meinen Löffel als Katapult benutzen (*Siehst du, Dad! Ich kenne auch ein paar Belagerungswaffen!*) und sie mit Müsli bombardieren, bis sie damit aufhören.

Doch stattdessen schlinge ich mein Müsli so schnell wie möglich hinunter, damit ich mich auf den Weg zum Park machen kann. Sobald ich fertig bin, sage ich: »Dad, kein Eichhörnchenstalken in der Nähe des Fußballfelds, versprochen?«

»Einverstanden, liebste Tochter«, verspricht Dad, dem das offensichtlich nicht wirklich passt. Nichts würde ihn glücklicher machen, als am Rand des Fußballfelds mit seinem CharmingMaster-15-Reflexbogen aufzutauchen, bedrohlich zu schauen und ein paar fürstliche Muskeln in Hunters Richtung spielen zu lassen. Wer weiß, vielleicht würde er sogar ein paar dieser Petarden-Dinger in der Nähe der Torpfosten hochgehen lassen, um seinen Standpunkt klarzumachen.

Mom kommt zu mir und küsst mich auf die Stirn. Ihre Lippen sind sanft und warm.

»Zieh auf jeden Fall Handschuhe an, damit deine Hände nicht rissig werden«, ermahnt sie mich. »Und einen Schal, um deinen Hals zu schützen.«

»Und eine Mütze, um die Hitze zu speichern, und damit meine Haare nicht durcheinandergeweht werden«, rattere ich runter und flüchte durch die Wohnungstür.

Es ist eine Erleichterung, draußen an der frischen Luft zu sein, nachdem mir meine Eltern mit ihren Erwartungen eingeheizt haben. Als ich die langen Blocks entlang zum Central Park laufe, denke ich ununterbrochen über gestern nach. Über den geheimnisvollen Shakespeare-Typen und was er gesagt hat. Jedes Mal, wenn ich darüber nachdenke, zieht sich mein Magen zu einem festen Knoten zusammen. Ich bin nicht das fiese Mädchen, für das er mich hält. Mein wahres Ich ist das Mädchen, das er beim ersten Mal getroffen hat.

Oder?

Denn diese fiesen Worte *sind* aus meinem Mund gekommen, auch wenn ich deswegen ein schlechtes Gewissen habe. Ich war in dem Moment einfach Spiegelmädchen und habe getan, was ich für nötig hielt, weil ich wollte, dass Hunter mich bittet, ihn auf den Ball zu begleiten.

Ich will, dass GST mich mag.

Das ist der Unterschied, wird mir klar. Der Spiegel hält den geheimnisvollen Shakespeare-Typen zwar nicht für gut genug für mich, doch das liegt daran, dass er aus einem Land von vor langer, langer Zeit kommt.

Spiegel, du brauchst 'n Upgrade, Alter.
Deine Ansichten sind ja wie im Mittelalter.

Der Vers ist bescheuert, aber ich habe sowieso nicht den Mut, ihn direkt in den Spiegel zu sprechen.

Ich seufze und atme die frische Herbstluft ein, den Geruch der Blätter, die zu verwelken anfangen, und warme Bretzeln von den Straßenständen. Zeit mich zusammenzureißen. Zeit, Spiegelmädchen zu sein, mit einem Lächeln im Gesicht, glücklich, voller Teamgeist, das nur daran interessiert ist, dass ihre Highschool gleich das Fußballspiel gewinnt.

Auf geht's, Team!

Ich werfe einen Blick auf mein Handy, um zu sehen, ob Nicole und Katie schon geantwortet haben. Da ist eine aus einem Wort bestehende SMS von Nicole: *ERNSTHAFT?!*

Katie hat immer noch nicht geantwortet. Vielleicht kommt sie zum Spiel, um Quinn anzufeuern, dann können wir vielleicht dort über alles reden.

Ich schreibe Nicole zurück: *Ernsthaft was?*

Hast du nicht was vergessen?

Was denn?, antworte ich.

Sie schreibt nicht zurück. Geschenkt. Ich habe im Moment keine Zeit für ihre Ausraster. Ich muss ein bisschen Teamgeist vortäuschen und mir hoffentlich ein Date für den Herbstball sichern.

Als ich beim Fußballfeld ankomme, kann ich Katie nirgends entdecken. Genny Krulinski hingegen ist nicht zu übersehen. Sie hat einen Liegestuhl gleich hinter unserer Mannschaft aufgestellt und trägt Schleifen in den Schulfarben im Haar sowie einen dazu passenden Schal und passende Handschuhe. Ich habe ein Manhattan-World-Themes-Sweatshirt an, das aber unter meiner Jacke verborgen ist. Die Teamgeist-*Mode-Fauxpas*-Alarmglocken schrillen!

»Hi, Genny«, sage ich, während ich mich an die Seitenlinie stelle.

»Oh … hi«, antwortet sie. »Ich bin überrascht, dich hier zu sehen.«

»Hunter hat mich eingeladen«, erwidere ich.

»Echt?« Genny kauft mir das eindeutig nicht ab. »Wann denn?«

»Gestern Nachmittag. Bei Starcups.«

»Oh.«

»Kommst du zu vielen Spielen?«, frage ich sie.

»Zu allen Heimspielen«, antwortet sie. »Und auch zu manchen Auswärtsspielen.«

»Wow. Das ist Engagement«, sage ich.

»Ich *mag* Fußball wirklich«, gibt sie zurück.

Und Hunter, denke ich.

Aber sie hat recht. Ich bin die Schwindlerin an der Seitenlinie, nicht Genny.

Dann kommt Hunter rüber.

»Hey, du bist aufgetaucht«, ruft er.

»Ja«, antworten Genny und ich im Chor.

Er lacht.

»Ich wusste, dass *du* auftauchen würdest«, sagt er zu Genny. »Du bist immer hier. Bei Rosie war ich mir nicht so sicher.«

Siehst du, Prinzessin, du musst auf mich hören.
Der holde Bursche lässt sich betören.
Er ist stattlich und stark, und so muss es sein.
Jetzt lächele, sei hübsch, denn nur so wird er dein.

Ich will den Spiegel im Moment nicht hören, vor allem, weil ich Gennys verletzten Gesichtsausdruck sehe, bevor sie sich wieder zusammenreißt und ihn anstrahlt.

»Ich bin immer hier, weil ich dein größter Fan bin«, erklärt sie.

Hunter lacht. »Ihr Mädels könnt an der Seitenlinie unter euch ausfechten, wer mein größter Fan ist«, sagt er. »Ich hab ein Spiel zu gewinnen.«

Mit einem frechen Grinsen rennt er mit dem Rest der Mannschaft aufs Feld, um sich aufzuwärmen. Ich bin überrascht, dass er bei der Größe seines von Selbstverliebtheit aufgeblähten Kopfs nicht umkippt.

»Du bist keine Konkurrenz«, meint Genny. »Ich bin sein größter Fan.«

Ich werde mich nicht mit ihr darüber streiten. Sie hat recht. Je besser ich Hunter kennenlerne, umso weniger bin ich ein Fan von ihm.

»Ich weiß.«

Sie starrt mich an.

»Du stimmst mir zu?«

»Natürlich.«

Sie sieht aus, als wolle sie etwas sagen, aber der Schiedsrichterpfiff ertönt und gibt das Zeichen für den Anstoß. Schließlich kommt das aus ihrem Mund: »Auf geht's, Vikings!«

Ja, wir sind die Manhattan-World-Themes-Highschool-*Vikings* – ein seltsames Maskottchen für eine Schule, deren Motto lautet: »Wir fördern Frieden und Verständnis zwischen allen Nationen«, oder?

Was soll's. Ich bin hier, um Teamgeist zu zeigen und Hunter dazu zu bringen, mich zum Herbstball einzuladen, und nicht, um über die Ironie unseres Schulmaskottchens zu sinnieren.

»Los geht's, Vikings! Ju-huu!«, schreie ich und springe auf und ab, um besonders großen Enthusiasmus zur Schau zu tragen. Und auch, um den Blutkreislauf in meinen Zehen anzuregen, die schon zu Eiszapfen werden, obwohl das Spiel gerade erst angefangen hat.

Und dann stehe ich da und beobachte Hunter und den Rest unserer Mannschaft, wie sie das Feld auf und ab und hin und her und wieder zurück rennen und den Fußball treten. Es sind viele Pfiffe zu hören und Eckbälle zu sehen, und dann passiert etwas, und die andere Mannschaft darf direkt auf unser Tor schießen, während unsere Jungs vor dem Tor mit den Händen über ihrem Schritt stehen, was ich urkomisch finde. Aber dann erklärt mir Genny, dass man das einen Strafstoß nennt und es eigentlich für unsere Mannschaft echt schlecht ist, vor allem, wenn der Torhüter den Ball nicht halten kann, er direkt ins Netz geht und die gegnerische Mannschaft einen Treffer landet.

»Das ist dann wohl doch nicht so lustig«, komme ich zu dem Schluss.

»Äh ... nein. Es ist überhaupt nicht lustig«, erwidert sie

und schüttelt den Kopf, als hätte ich keine Ahnung von Fußball, was ja im Grunde auch der Fall ist.

Danach halte ich mich ganz danach, wie Genny auf das Geschehen auf dem Fußballfeld reagiert.

In der Halbzeit liegen wir 1:2 zurück. Unser Coach schart die Mannschaft um sich, und es klingt so, als würde er sie gleichzeitig anfeuern und zur Sau machen.

Meine Zehen werden jetzt endgültig zu Eiszapfen. Ich bin mir nicht sicher, ob ich noch die zweite Halbzeit durchhalte. Die Spieler rennen zumindest durch die Gegend und können sich so warm halten.

Genny ist für alle Fälle vorbereitet. Sie hat das offensichtlich schon mehr als einmal gemacht. Außer dem Stuhl hat sie auch noch eine Stadiondecke für ihre Beine und eine Thermoskanne mit heißer Schokolade dabei. Mein Magen knurrt, und ich würde alles geben für ein heißes Getränk.

Ich versuche es mit Hampelmännern und Auf-der-Stelle-rennen. Zumindest kann ich wieder meine Zehen spüren.

Meine Fingerspitzen sind taub, doch ich hole mein Handy heraus und überprüfe, ob meine Freundinnen mir eine Nachricht geschickt haben. Immer noch nichts von Katie, und Nicole hat sich auch nicht wieder gemeldet. Mit den beiden stimmt auf jeden Fall irgendetwas nicht. Ich wünschte bloß, ich wüsste, was.

Die zweite Halbzeit vergeht schneller. Na ja, nicht

wirklich, aber vielleicht kommt es mir so vor, weil wir jetzt mehr Tore schießen und ich endlich kapiere, was auf dem Feld vor sich geht. Es ist leichter zu jubeln, wenn man weiß, was man bejubelt. Wenn ich nicht das Gefühl hätte, dass Teile meines Körpers wegen der Kälte abfallen könnten, hätte ich vielleicht sogar Spaß dabei. *Memo an mich: Süße kleine Ballerinas sind kein optimales Schuhwerk beim Fußballgucken. Warme Stiefel und dicke Socken wären geeigneter.*

In den letzten beiden Minuten schießt Hunter noch ein Tor, sodass es jetzt 4:2 zu unseren Gunsten steht. Er wird triumphierend vom Feld getragen. Ich gehe rüber, um ihm zu gratulieren, während Genny ihre Ausrüstung einpackt.

»Danke fürs Kommen«, sagt er. »Wie's aussieht, hast du uns Glück gebracht.«

Ich lache, weil der Gedanke urkomisch ist, dass jemand wie ich, der sich mit dem Spiel kaum auskennt, irgendeine Art von Glück gebracht haben soll.

»Das bezweifle ich, aber danke.«

»Hör mal, wie wär's, wenn wir zusammen auf den Herbstball gehen?«, fragt Hunter, als wäre das keine große Sache.

Tor! Volltreffer! Rosie vor, noch ein Tor!

»Gern, okay«, antworte ich und versuche genauso gelassen zu klingen.

»Cool«, antwortet er. »Also, ich muss los.«

Er deutet auf seine Mannschaftskameraden.

»Wir gehen nach dem Spiel immer Pizza essen.«

»Ja, klar. Ich seh dich in der Schule.«

Genny kommt auf uns zu, und ich nehme den Weg hinunter in Richtung nach Hause, bevor sie uns erreicht.

Während ich mich von den Spielfeldern entferne, kicke ich einen Stein vom Weg und lasse so meinen Frust heraus. Ich habe endlich ein Date für den Herbstball! Ich habe mein Ziel erreicht.

Warum freue ich mich dann nicht mehr darüber?

Ich habe sogar ein schlechtes Gewissen, dass Hunter *mich* und nicht Genny gefragt hat. Sie mag ihn wirklich. Sie ist diejenige, die zu jedem Fußballspiel geht, um ihn spielen zu sehen. Sie weiß, was Sache ist, während ich lache, wenn unsere Mannschaft einen Strafstoß abwehren muss.

Aber Hunter hat *mich* gefragt. *Genau das wollte ich*, rufe ich mir in Erinnerung.

Ich sollte Nicole und Katie eine Nachricht schicken, um ihnen die gute Nachricht mitzuteilen, doch da Nicole mir kryptische Nachrichten geschickt hat und Katie mir die kalte Schulter zeigt, weiß ich nicht, wem ich es erzählen soll.

Außerdem habe ich das Gefühl, dass meine Zehen gleich bei jedem Schritt abbrechen werden, und ich spüre meine Fingerspitzen in meinen Handschuhen nicht mehr. Ich bin mir nicht sicher, ob ich fähig wäre, eine Nachricht zu tippen, selbst wenn ich es wollte.

Nichts ist so gelaufen wie erwartet.

»Ist das die kleine Rosie Charming, die ich da vor mir auf dem Weg erblicke?«

Die vertraute tiefe Stimme kommt aus einem riesigen Gebüsch neben dem Weg.

»Jacob? Bist du das?«, rufe ich. »Wo versteckst du dich?«

Blätter rascheln und teilen sich. Jacob der Jägersmann taucht aus den Büschen auf, in seine waldgrünen Wollsachen gekleidet – Gestrüpp haftet an seinen Ärmeln, und Zweige stecken in seinem langen, grau melierten Haar und Bart.

»Rosie«, sagt er mit einem strahlenden Lächeln in seinem verwitterten Gesicht und seinen aufmerksamen grünen Augen. Jacobs Sehkraft ist berühmt; er kann Beute aus unglaublicher Entfernung erspähen – zumindest konnte er das in seiner Jugend, behaupten meine Eltern und die Onkel. »Was bringt dich in diesen Teil vom Central Park?«

»Ein Fußballspiel«, sage ich. »Und was machst du hier?«

»Rattenpirsch«, seufzt Jacob. »Ein Abstieg, wenn man bedenkt, dass ich einmal ein königlicher Jäger war, der Rehe und Wildschweine gejagt hat, aber als Job für einen Rentner ist es okay.«

Er setzt sich auf die nächste Bank, klopft auf den freien Platz neben sich und bedeutet mir, mich hinzusetzen.

Seufzend lasse ich mich auf die Bank plumpsen, und er nimmt eine meiner kleinen, eiskalten Hände in seine großen. Sogar durch seine abgetragenen Lederhandschuhe, die mit demselben königlichen Wappen geprägt sind wie meine Puderdose, kann ich die Wärme spüren.

»Hast du dein Horn dabei?«, fragt Jacob.

»Ja«, sage ich und hole das winzige goldene Blasinstrument aus meiner Tasche. Ich nehme es überall mit hin. Jacob hat es mir geschenkt, als ich sechs Jahre alt war. Er sagte, es wäre für Notfälle – um ihn zu rufen, wenn ich in Gefahr bin. Wie ein superaltmodisches Handy.

Jacob lächelt. »Gut. Verlass das Haus nie ohne das Horn. Man weiß nie, wann das Böse zuschlägt.«

»Da sagst du was«, stimme ich ihm zu, während ich das Horn zurück in meine Tasche stecke. »Vor allem, wenn man in New York wohnt.«

»Du ähnelst deiner Mutter mehr und mehr«, sagt Jacob und schüttelt voller Verwunderung den Kopf. »Es ist unglaublich. Weckt Erinnerungen … an diesen Tag im Wald …«

Er erschaudert. Das sind eindeutig keine guten Erinnerungen. Dann wird mir klar, wovon er spricht.

»Du meinst den Tag, an dem du Mom umbringen solltest?«

»Ja, Rosie. Dieser Tag verfolgt mich in meinen Träumen. Ich sehe immer noch meinen gehobenen Arm und das Messer und ihr Gesicht, das zu mir aufblickt – so unschuldig, so verwirrt, so … verängstigt.«

Er ist so aufgewühlt, dass ich es nicht übers Herz bringe, ihm zu sagen, dass auch Mom nach wie vor davon träumt. Mehr als einmal haben mich ihre Schreie geweckt. *»Nein! Bitte bring mich nicht um! Bitte!«*

Ich beschließe, ihm eine Frage zu stellen, die mir im Kopf herumschwirrt, seit ich die Geschichte gehört habe – und vor allem, seit ich *das Märchen* gelesen habe, wie es in Büchern erzählt wird.

»Hast du sie wirklich nur wegen ihres Aussehens gehen lassen?«

Jacob blickt schockiert, und ich frage mich, ob ich ihn verletzt habe. Aber dann lacht er.

»Na ja, ihr Gesicht *war* gewiss das schönste, das ich je gesehen habe«, gibt er zu. »Aber das war nicht der einzige Grund, warum ich sie verschont habe.«

»Warum hast du's dann getan?«, frage ich.

»Na ja, weil Schneewittchen im Gegensatz zu ihrer Stiefmutter freundlich war. Sie hat mit jedem im Schloss respektvoll geredet, ganz gleich, ob er ein hochwohlgeborener Herr am Hof war oder ein Diener von niederer Geburt, der den Boden schrubbte«, erzählt mir Jacob. »Sie hat sich bei Leuten für ihre Dienste bedankt, anstatt so zu tun, als würde es ihr zustehen.«

Ich denke daran, wie ich das Mädchen hinter der Theke im Starcups behandelt habe. Wenn Stiefgroßmutter Jacob losgeschickt hätte, um mich umzubringen, wäre ich dann nett genug gewesen, damit er mich verschont?

»Deine Mutter hätte wie die Königin, ihre Stiefmutter, sein können – äußerlich wunderschön, aber in ihrem Innern durch und durch schlecht. Doch das war sie nicht«, fährt Jacob fort. »Sie ist es immer noch nicht. Sie ist innerlich und äußerlich schön. Ich habe sie nicht wegen ihres Aussehens verschont, sondern wegen ihrer Taten.«

Ich weiß nicht mehr, wem oder was ich glauben soll. Was ich *weiß*, ist, dass die Märchenbücher gelogen haben.

Kapitel 10

Katie und Nicole antworten mir auch am Sonntag nicht. Ich schicke ihnen eine Nachricht, um zu fragen, was los ist, aber keine der beiden schreibt zurück. Ich versuche sie anzurufen, doch sie lassen es durchklingeln, bis die Voicemail anspringt. Langsam habe ich den Eindruck, dass ich etwas richtig Schlimmes gemacht habe, nur habe ich nicht den leisesten Schimmer, was das sein könnte.

Mom ist ganz aufgeregt, als sie hört, dass ich ein Date habe. Dad hingegen will ihn erst mal treffen und genauestens befragen, bevor ich mit ihm auf den Ball gehen darf. Mom sagt zu Dad, er solle sich entspannen. Sie will sofort mit mir zu *Très Cher* gehen, um ein Kleid zu kaufen, aber ich vertröste sie, obwohl der Ball in weniger als einer Woche ist. Ich bin einfach nicht in der Stimmung für noch mehr Shoppingtouren und Verschönerungsaktionen.

»Finde wenigstens heraus, welche Farbe er für seine Knopflochblume braucht«, sagt Mom. »Wir müssen sie bestellen.«

»Können wir nicht einfach eine Blume beim Eckladen kaufen und sie mit einer Nadel anstecken?«, frage ich.

Mom wirft Dad einen Übernimm-du-Blick zu.

»Nein, Schatz, das geht nicht. Es würde Flecken vom Blumenstängel auf seiner Jacke zurücklassen«, erklärt Dad.

Ich Dummerchen. Wie konnte ich bloß die Gefahren von Blumenstängelflecken ignorieren?

»Männer haben auch vestimentäre Anforderungen, weißt du«, erinnert mich Dad. »Ihr Damen seid nicht die Einzigen, die eine gute Figur machen müssen.«

»Vesti-was?«

»Uns sind Mode und gutes Aussehen auch wichtig«, erklärt Dad.

»Ja, aber für euch ist es einfacher«, beklage ich mich. »Ihr müsst kein Make-up oder Absätze tragen, und niemand gibt euch verwirrende Ratschläge wie: *Sei charmant und witzig – übertreib's aber nicht mit dem Flirten, sonst hast du am Ende einen Ruf, den du nicht willst.*«

Meine Eltern starren mich an.

»Wer hat dir denn *diesen* Ratschlag gegeben?«, fragt Mom.

»Ähm … Das habe ich gegoogelt«, murmele ich.

Stille tritt ein. Moms Gesicht sieht aus, als hätte sie eine Zitrone verschluckt. Dad läuft langsam noch röter an als Moms Rot-wie-Blut-Nagellack.

»Was denn?«, will ich wissen.

Dad bricht in schallendes Gelächter aus, und Mom fängt an, unkontrolliert zu kichern.

Meine Eltern lachen mich aus. Und das so heftig, dass

Mom kaum aufrecht stehen kann und sich bei Dad abstützen muss.

»Sie … hat es … *gegoogelt!*«, japst sie und wischt sich Tränen aus den Augen.

»Ich brauche meinen guten alten Dad nicht! Ich habe den Google!«, presst Dad mit schriller Stimme hervor, die wohl mich imitieren soll.

Jetzt habe ich genug.

»Es ist GOOGLE, nicht DER Google«, schreie ich und stapfe aus der Küche in mein Zimmer. Ich knalle die Tür mit Absicht besonders heftig zu, damit sie es über ihr Wir-lachen-uns-über-Rosie-kaputt-Festival hören können.

Wenn ich eine Liste mit Vor- und Nachteilen meines momentanen Lebens aufstellen müsste, würde sie ungefähr so aussehen:

Vorteile

Ein altes Familienerbstück sagt mir, dass ich die Schönste im ganzen Land bin.

Meine Internationaler-Verbreite-Freude-mit-Keksen-Tag-Lüge hat aus meiner Schule vierundzwanzig Stunden lang einen netteren Ort gemacht und Damien Wolfe den Mut gegeben, jemanden zum Ball einzuladen.

Ich habe ein Date für den Herbstball.

Nachteile

Ich mag mein Date für den Herbstball nicht besonders.

Meine Eltern lachen mich aus, weil ich Dating-Ratschläge gegoogelt habe.

Meine besten Freundinnen zeigen mir die kalte Schulter, und ich weiß nicht, warum.

Der geheimnisvolle Shakespeare-Typ hält mich für eine blöde Kuh.

Ich fange an mich zu fragen, ob ich vielleicht eine bin.

Ich hole den Spiegel heraus und betrachte mich darin. Was ist los mit mir? Selbst wenn der Spiegel unrecht hat und ich nicht die Schönste im ganzen Land bin (bei einer Bevölkerung von 320 Millionen Menschen in den Vereinigten Staaten ist das zugegebenermaßen ja schon eine recht gewagte Behauptung), sehe ich nicht schlecht aus.

Warum hat dann in meinem Leben alles angefangen, so völlig schiefzulaufen?

Spieglein, was ist an Schönheit so genial,
Ist meinen Freundinnen doch sowieso egal.
Und Leute halten mich für rücksichtslos.
Ist der Preis für Schönheit nicht zu groß?

Der Spiegel lässt sich mit seiner Antwort Zeit, und ich werde noch niedergeschlagener und frage mich, ob er mir auch den Laufpass gegeben hat. Gerade als ich das dämliche Ding durch den Raum schmeißen will, meldet er sich endlich zu Wort.

Rosie Charming, du musst verstehen,
Du bist die Schönste, die ich je gesehen,
Vergiss die Hater, das ist alles nur Neid,
Denn Jungs mögen dich zu jeder Zeit.

Oh Mann. Der Spiegel fängt an wie Dad zu klingen, wenn er versucht cool zu sein, und versagt dabei kläglich.

Aber ich frage mich, ob er recht hat und Katie und Nicole einfach eifersüchtig sind auf die ganze Aufmerksamkeit, die ich seit meinem Termin bei Phillipe bekomme.

Ich werde es wohl morgen herausfinden.

Als ich zwei Haltestellen vor der Schule aus dem Busfenster schaue, sehe ich Katie allein den Gehsteig entlanglaufen, und ich drücke den Halteknopf, weil ich aussteigen und den Rest des Weges mit ihr gehen will. Bis ich mich durch die Hauptverkehrszeitmenge gekämpft habe, ist sie mir einen halben Block voraus, und ich muss rennen, um sie einzuholen.

»Hey, Katie!«, japse ich.

Auch wenn ich die Schönste im ganzen Lande sein mag, muss ich unbedingt etwas für meine Fitness tun, wenn ich Freundinnen weiter mit einer vollen Büchertasche und Ballerinas an den Füßen hinterherjagen muss. Diese Schuhe sind zum Rennen völlig ungeeignet.

»Rosie.« Katie sagt meinen Namen mit der ganzen Wärme einer Eisscholle. »Hi.« Sie legt einen Zahn zu.

»Katie, was ist los?«, frage ich und packe sie am Arm, damit sie stehen bleibt.

»Echt jetzt?«, gibt sie zurück und reißt sich los. »Als *wüsstest* du das nicht!«

»Wirklich. Wenn ich es *wüsste*, müsste ich nicht fragen.« Ich sehe ihr in die Augen, in der Hoffnung, dass sie die Aufrichtigkeit in meinen erkennt. »*Bitte.* Warum bist du so sauer auf mich?«

Meine Freundin starrt mich an, als könnte sie immer noch nicht fassen, dass ich es nicht weiß.

»Also, erstens hast du uns am Samstag versetzt.«

Samstag? Wovon redet sie überhaupt? Ich war bei Hunters Fußballspiel, habe mir den Hintern abgefroren und mir ein Date für den Ball gesichert.

Katie fängt an wegzugehen.

»Du kannst dich *immer noch* nicht daran erinnern, dass wir zum Shoppen verabredet waren, oder?«

Ihre Worte treffen mich wie ein Schlag ins Gesicht – und den habe ich auch verdient. Ich kann nicht fassen, dass ich das vergessen habe. Ich bin die schlechteste Freundin aller Zeiten.

»Katie, es tut mir so leid. Ich bin ein Vollidiot«, platze ich heraus. »Bitte, warte.«

Sie wird langsamer, bleibt aber nicht stehen, und ich eile ihr hinterher und versuche es zu erklären.

»Ich war so besessen davon, ein Date für den Herbstball zu finden, dass ich es verpennt habe«, sage ich kleinlaut. »Ich fühle mich schrecklich. Es tut mir furchtbar leid.«

Katie bleibt endlich stehen, und für einen kurzen Augenblick schöpfe ich Hoffnung.

Dieser Augenblick dauert nicht lange an.

»Das ist nicht der einzige Grund. Genny Krulinski hat gehört, wie Quinn dich gefragt hat, ob du mit ihm zum Herbstball gehst«, presst sie zähneknirschend hervor. »Wie konntest du mit ihm flirten, wenn du wusstest, dass ich mit ihm hingehe?«

Oh mein Gott. Der Spiegel hat recht. Sie ist eifersüchtig, denke ich. Und das Ironische daran ist, dass sie absolut keinen Grund dazu hat. Ich würde nicht mal mit Quinn Fairchild ausgehen, wenn man mich dafür bezahlen würde – sogar wenn Katie nicht mit ihm zusammen wäre.

»Katie, ich habe nie mit Quinn geflirtet. Ich würde das niemals tun! Du bist meine beste Freundin!«

»Aber du leugnest nicht, dass er dich gefragt hat?« Ihre Stimme ist wütend, doch in ihren Augen kann ich sehen, dass sie verständlicherweise gekränkt ist.

»Na ja … nein, aber …«

»Warum hast du es mir nicht erzählt?«

Gute Frage.

Ich hätte es ihr erzählen sollen, sobald es passiert war. Das ist mir jetzt natürlich klar. Aber zu dem Zeitpunkt …

»Du hast dich so gefreut, mit ihm hinzugehen. Du hast über die Rosen geredet … über die Farbe und … ich … wollte es dir einfach nicht vermiesen.«

Es klingt nach einer bescheuerten Entschuldigung, sogar in meinen Ohren. Und ich weiß, dass es so ist.

Katies skeptischer Blick verrät mir, dass sie mir nicht glaubt.

»Dann hast du also beschlossen, diese wichtige Info vor deiner besten Freundin geheim zu halten?«, fragt sie. »Dann ist ja alles klar. Und du warst bestimmt auch total überrascht, dass er dich gefragt hat.«

»Das *war* ich!«, protestiere ich. »Es kam völlig aus dem Nichts. Und das Erste, was ich zu ihm gesagt habe, war, dass ich dachte, er würde schon mit dir hingehen!«

»Aber du hast nicht Nein gesagt!«

»*Doch*, hab ich.«

»Da hab ich was anderes gehört«, gibt Katie zurück.

»Aber es ist die *Wahrheit*«, erwidere ich und will unbedingt, dass sie mir glaubt, weil es die Wahrheit ist.

»Ich glaube nicht, dass du überhaupt weißt, was das Wort bedeutet«, sagt Katie prustend. Sie dreht mir den Rücken zu, geht so schnell sie kann davon und überquert die Straße zur Schule.

Tränen trüben meine Sicht, als ich meine beste Freundin in der Menge von Schülern verschwinden sehe. Ich drücke mich in den Eingang eines Ladens, der noch nicht geöffnet hat, und hole ein Taschentuch und den Spiegel aus meinem Rucksack. Während ich mein Spiegelbild betrachte, tupfe ich mir die Augen, damit niemand sieht, dass ich geweint habe.

Spieglein, Spieglein, hör mein Flehen!
Wie konnt' das alles bloß geschehen?
Meine Freundin glaubt, ich würd' sie belügen.
Dabei würde ich sie doch nie und nimmer betrügen.

Der Spiegel fühlt sich plötzlich warm in meinen Händen an.

Dummes Mädchen, hör auf zu flennen.
Von solchen Freunden musst du dich trennen.
Und findest du's auch noch so schwer,
Die Schönste zu sein, ist die Sache wert.

Ich klappe die Puderdose zu und stopfe den Spiegel unten in meinen Rucksack.

Zum ersten Mal frage ich mich ernsthaft, ob der Spiegel unrecht hat.

Die Schönste im ganzen Land zu sein, fühlt sich gerade wirklich nicht so an, als wäre es die Sache wert.

Ich passe Nicole vor Unterrichtsbeginn bei ihrem Spind ab, aber nur, weil sie mich nicht zuerst gesehen hat. Sie knallt mir fast die Spindtür auf die Finger, als sie begreift, dass ich es bin.

»Bist du auch sauer auf mich, weil Quinn mich zum Herbstball eingeladen hat?«, frage ich.

»Was glaubst du denn?«, gibt sie zurück. »*Und* du hast uns am Samstag versetzt. In Sachen Freundschaft verdienst du dir gerade keinen Blumentopf.«

»Ich weiß. Ich fühle mich schrecklich. Aber ich habe Quinn eine Abfuhr verpasst«, erkläre ich ihr. »Und ich habe *nicht* mit ihm geflirtet. Katie ist meine Freundin.«

»Eine wahre Freundin würde ihrer besten Freundin sagen, dass der Typ, mit dem sie zusammen zu sein glaubt, jemand anderen anbaggert. Vor allem, wenn es *diese Freundin* ist«, macht Nicole klar.

»Okay, ich habe den totalen Bockmist gebaut, als ich ihr nicht erzählt habe, was passiert ist«, gebe ich zu. »Aber Katie hat sich so gefreut, mit ihm hinzugehen. Ich wollte ihr den Spaß nicht verderben.«

»Du würdest sie lieber mit irgendeinem Vollidioten, der hinter ihrem Rücken ihre beste Freundin einlädt, auf den Ball gehen lassen?«

»Nein, aber …«

»Und warum hat er dich überhaupt gefragt?«, will Nicole wissen. »Er hatte schon ein Date. Katie. Er hat dich also einfach so aus dem Blauen raus gefragt?«

»Keine Ahnung«, platze ich heraus. »Ich bin genauso überrascht und verwirrt wie ihr.«

»Das glaube ich dir nicht«, erwidert Nicole.

»Was willst du damit sagen?«

Nicole wendet sich halb zum Gehen, als könne sie es kaum erwarten, von mir wegzukommen.

»Ich meine ... du hast dich in letzter Zeit verändert, Rosie«, sagt sie. »Und nicht zum Besseren.«

Und dann marschiert sie den Gang hinunter und lässt mir keine Chance, mich zu verteidigen.

Nicht dass ich gewusst hätte, was ich zu meiner eigenen Verteidigung hätte sagen sollen.

Die Schönste im ganzen Land zu sein, ist nicht so toll, wie man sich das vorstellen würde.

Ich kann mich in der Mittagspause nicht zu Katie und Nicole setzen, weil sie nicht mit mir reden. In diesem Moment könnte ich etwas Keksfreude gebrauchen, aber damit beschert mich niemand. Deshalb kaufe ich mir selbst einen Keks und gehe damit aufs Mädchenklo, um ihn zu essen.

Ich kann mir den *MärchenhafterLeben*-Artikel dazu genau verstellen:

Drei Gründe, warum auf dem Klo zu essen gar nicht geht!

1) Bazillen, Bazillen, Bazillen!!
2) Klos sind dafür da, sich zu erleichtern, nicht, um sich zu ernähren. Es gibt einen Ort für Multitasking, und es ist nicht das Klo!

3) Essen ist eine soziale Aktivität. Was man auf dem Klo macht, ist privat. Zu viel Information ist nicht sexy, Ladys!

Aber im Moment übertrifft mein Bedürfnis, allein zu sein, damit ich nachdenken kann, meine Angst vor Bazillen, und eine Klokabine ist der einzige Ort, an dem Einsamkeit garantiert ist.

Ich lege ein Buch auf meinen Schoß und breite eine Papierserviette wie eine Tischdecke darüber, bevor ich den Keks vorsichtig auspacke. Schließlich bin ich doch die Tochter meiner Mutter und muss meiner Mahlzeit einen märchenhaften Anstrich geben, auch wenn ich auf dem Klo esse.

Doch nicht einmal der Keks macht mich glücklicher. Vielleicht fehlt der Teil, dass jemand anderes mich glücklich machen will. Oder vielleicht sind meine Probleme so groß, dass auch ein Keks sie nicht lösen kann.

Nachdem ich fertig gegessen habe, greife ich in meinen Rucksack und hole die Puderdose heraus. So verziert und juwelenbesetzt, wie sie ist, erscheint es mir noch falscher, den Spiegel hier drin aufzumachen, als hier zu essen. Aber ich brauche Antworten.

Die Rosie, die mir aus dem Spiegel entgegensieht, wirkt traurig. Ihre Augen leuchten nicht wie sonst, und das liegt nicht nur daran, dass ich in einer Klokabine mit wenig schmeichelhaftem Neonlicht sitze.

Spieglein, Spieglein, wir müssen reden,
Liegst du vielleicht auch mal daneben?
Könnt' dies ein Riesenfehler sein,
Der mir nur bringt Leid, Schmerz und Pein?

Beim letzten Wort bricht meine Stimme, und mir läuft eine Träne die Wange hinunter. Die Puderdose fängt an in meiner Hand zu vibrieren und das so heftig, dass ich Angst habe, sie fallen zu lassen. Jetzt mache ich mir nicht nur Sorgen wegen der Bazillen auf dem Boden, sondern auch, dass ich sieben Jahre Unglück haben könnte.

Prinzessin Rose, schämst du dich nicht?!
Der Spiegel stets die Wahrheit spricht.
Nun fort mit den Tränen, mach dich zurecht.
Und vergiss nicht – DER SPIEGEL HAT IMMER RECHT!

Der Spiegel beruhigt sich, als er mit seiner Standpauke fertig ist.

Jetzt sind es meine Finger, die zittern, als ich die Puderdose schließe und in meine Tasche stecke.

Ich glaube, der Spiegel lügt. Und ich werde herausfinden, warum.

Den Rest des Schultages kann ich kaum an etwas anderes denken. Sobald die Glocke zum Unterrichtsende klingelt, mache ich mich auf den Weg zum Central Park, um Jacob den Jägersmann aufzusuchen. Er hat sich immer noch nicht dazu breitschlagen lassen, sich ein Handy zu besorgen, aber ich habe das Notfallhorn. Ich weiß zwar nicht, ob das als ein hornwürdiger Notfall gilt, doch es fühlt sich auf jeden Fall so an. Daher stehe ich mitten auf dem grünen Rasen und blase ins Horn, wie Jacob es mir vor vielen Jahren beigebracht hat, wobei ich mir wie die totale Knalltüte vorkomme, als Passanten mich entgeistert anstarren. Ich überlege, ob ich nicht einfach einen Hut auf den Boden legen und so tun sollte, als wäre ich eine Straßenmusikantin. Dann würde niemand einen weiteren Blick auf mich verschwenden, denn wir sind hier in New York, und es ist alles erlaubt, was gefällt.

Weniger als fünf Minuten nach dem letzten Trompetenstoß kommt Jacob den Weg entlang auf mich zugerannt, während er nach der unmittelbaren Bedrohung Ausschau hält.

»Warum stehst du an einer ungeschützten Stelle rum, wenn du in Gefahr bist?«, schimpft er. »Du solltest sofort Deckung suchen. Komm!«

Er legt schützend den Arm um mich, steuert hastig den Schutz der Bäume an und macht dabei so große Schritte, dass ich rennen muss, um mitzuhalten.

»Warte … Jacob. Es ist nicht die Art Gefahr«, keuche ich zwischen Atemzügen. »Lass uns einfach … kurz hier hinsetzen.« Ich deute auf die nächste Parkbank.

Er sieht sich gründlich in der Umgebung der Bank

um und lässt den Blick über den Weg schweifen auf der Suche nach etwas oder jemandem, der eine Bedrohung für meine Sicherheit darstellen könnte. Als er sich davon überzeugt hat, dass niemand in der Nähe lauert, der gefährlicher sein könnte als ein Eichhörnchen, nickt er, und wir setzen uns.

Ich hole die edelsteinbesetzte Puderdose aus meinem Rucksack und zeige sie ihm.

»Hast du das schon mal gesehen?«

Beim Anblick der Juwelen reißt er die Augen auf, schüttelt aber den Kopf.

»Natürlich erkenne ich das Wappen – es ist das Wappen der königlichen Linie deiner Mutter«, sagt Jacob. Er schlägt seinen Mantelärmel um und zeigt auf seinen Lederhandschuh, auf dem dasselbe Wappen geprägt ist. »Aber das hier habe ich noch nie gesehen.«

»Darin ist dieser Spiegel«, sage ich und öffne die Puderdose. »Und er ist echt seltsam, denn er spricht mit mir.«

Jacob schnappt nach Luft. Eigentlich ist es vielmehr ein Würgen. Es ist ein furchterregendes Geräusch, denn es hört sich so an, als würde er gleich umkippen.

»Rosamunde! Du musst das sofort loswerden.«

Ich starre ihn an, seine heftige Reaktion erschreckt mich. Sein sonst gerötetes Gesicht ist leichenblass. Er fängt an mir Angst einzujagen.

»Warum? Was ist das?«

Er streckt eine seiner riesigen Hände aus und zeigt auf

den Spiegel. Die ruhigste Hand im Wald jenseits der Sieben Berge zittert jetzt wie ein Blatt in einer Herbstbrise. »Mach es zu.«

Ich tue, was er sagt.

»Rosie, bitte. Du musst das loswerden. Zerstör es. Es wird dir kein Glück bringen.«

»Aber das kann ich nicht. Meine Mutter hat es mir geschenkt.«

Er reißt die Augen weit auf und seine Haut wird noch blasser. »*Schneewittchen* hat dir das geschenkt?«

Ich nicke langsam, während mein Herz rast.

»Das verstehe ich nicht«, sagt Jacob, steht auf und entfernt sich von mir. Ich höre ihn murmeln: »Warum würde sie ... Was für ein seltsames Übel ... Ich dachte ...«

Er wirbelt herum und kehrt zu mir zurück.

»Rosie, ich verstehe nicht, was deine Mutter damit bezweckt. Aber auch wenn du mir sonst nichts glaubst, musst du mir in dieser Sache vertrauen: Werde diesen Spiegel los.« Er erschaudert. »Ich kann nicht länger in seiner Gegenwart bleiben. Ich muss fort. Hör auf mich, Rosie. Dieser Spiegel ist böse.«

Die goldene Puderdose liegt schwer in meiner Hand, aber mein Herz fühlt sich noch schwerer an, als ich Jacob strammen Schritts davoneilen sehe, als könnte er sich die Pest von mir holen. Ich sage mir, dass es der Spiegel ist, den er nicht mag, doch nach dem, was heute in der Schule passiert ist, bekomme ich langsam Zweifel.

Ich stecke die Puderdose zurück in meine Tasche, in der sie wie ein schweres Gewicht lastet, und gehe durch den Park zur West Seventy-Seventh-Street, in der Hoffnung, dass meine Onkel zu Hause sind. Niemand geht an die Tür, als ich klingele, und ich laufe gerade wieder die Treppe hoch, um den Bus durch die Stadt zurück nach Hause zu nehmen, als Onkel Shrimpy von der Straße zu mir hinunterschreit: »Rosie! Was für eine tolle Überraschung!«

»Ich hoffe, du glaubst das immer noch, nachdem ich dir erzählt habe, warum ich hier bin«, erwidere ich.

Onkel Shrimpy lächelt, nimmt seine Schlüssel heraus und öffnet die Tür. »Ich verbringe immer gern Zeit mit dir, Rosie.«

Er freut sich wirklich so sehr, mich zu sehen, dass ich in Tränen ausbreche.

Shrimpy legt mir seinen Arm um die Taille (was für ihn schon eine Herausforderung ist), lässt mich in die Wohnung und führt mich zum Sofa.

»Hey, Liebes … Um was geht's überhaupt?«, will er wissen, während er neben mich aufs Sofa klettert, damit er meine Schultern erreichen und sie tröstend tätscheln kann. »Hast du immer noch ein Jungsproblem?«

»Ich h-habe ein *A-Alles*-P-Problem«, heule ich.

Shrimpy reicht mir sein Taschentuch und versichert mir, dass es sauber ist. Wenn ich an die Geschichten denke, die Mom mir über die persönliche Hygiene meiner Onkel erzählt hat, als sie sie kennengelernt hat, weiß ich nicht so recht, ob ich ihm glauben soll, aber ich nehme es trotzdem, weil mir jetzt Tränen von der Nase und vom Kinn tropfen.

»Ein Alles-Problem ist überwältigend«, sagt Shrimpy, seine Stimme leise und sanft. »Ich kann verstehen, warum du weinst.«

Er klopft mir mit dem Finger aufs Knie.

»Ich bin nicht sicher, ob ich dir mit Alles-Problemen helfen kann«, seufzt er. »Aber fangen wir doch erst mal mit einem Problem an? Manchmal finde ich eine Lösung für ein Problem, indem ich einen Schritt nach dem anderen mache.«

Vor einer Woche hatte ich gedacht, mein größtes Problem wäre, kein Date für den Herbstball zu haben. Doch jetzt kommt mir das nicht mal mehr wie eine sonderlich große Sache vor, wenn ich daran denke, dass Katie glaubt, ich würde mit ihrem Freund flirten, und Nicole meint, ich hätte mich auf keine gute Art verändert. Oder dass ich glaube – und Jacobs Verhalten scheint das bestätigt zu haben –, dass an dem Spiegel, den mir meine Mutter geschenkt hat, etwas unheimlich ist.

Die juwelenbesetzte Puderdose wiegt immer noch schwer in meiner Tasche. Ich hole sie heraus und reiche sie Onkel Shrimpy.

»Ich weiß nicht, was ich damit machen soll«, erkläre ich ihm. »Mom hat sie mir geschenkt, aber Jacob der Jäger sagt, ich soll sie loswerden.«

Beim Anblick der in das Gold eingesetzten Edelsteine leuchten Shrimpys Augen auf. Er holt eine Juwelierlupe unter seinem Hemd hervor, die er an einer Kette um den Hals trägt, und fängt an, die Qualität der Diamanten zu prüfen.

»Nahezu farb- und makellos – ich gehe jede Wette mit dir ein, dass diese Diamanten aus der Sieben-Berge-Mine stammen!«, ruft er aus. »Seit wir nach New York gekommen sind, habe ich keine Edelsteine mehr von solcher Reinheit gesehen.«

Er begutachtet auch die Rubine, Saphire und Smaragde.

»Schneewittchen hat dir das gegeben?«, fragt er. »Das ist nicht verwunderlich. Wir haben ihr und Prinz Charming eine Truhe mit wertvollen Edelsteinen aus der Mine zur Hochzeit geschenkt. Sei vorsichtig, wenn du damit in der Stadt herumläufst. Allein die Edelsteine sind ein Vermögen wert.«

Als hätte ich nicht schon genug Sorgen, kann ich jetzt auch noch Überfallenwerden auf die Liste setzen.

»Mach sie auf«, sage ich.

Er öffnet die Puderdose und sieht den Spiegel. Seine Reaktion ist dieselbe wie bei Jacob. Er lässt die Dose in meinen Schoß fallen, als würde sie seine Finger verbrennen.

»*Woher hast du die?*«, fragt er mit bebender Stimme.

»Hab ich dir doch gesagt. Mom hat sie mir geschenkt.«

»*Warum?*«, will er wissen.

»Keine Ahnung«, erwidere ich. »Sie hat gesagt … Sie hat gesagt, dass sie auf den richtigen Moment gewartet hätte und der schien jetzt zu sein. Oder so was in der Art.«

»*Nie* wäre der richtige Moment«, sagt Shrimpy. »Das ist eine Quelle großen Unglücks.«

Er hat recht. Schaut doch, was passiert ist, seit die Puderdose in meinem Besitz ist. Ich mag zwar die Schönste im ganzen Land sein, aber meine besten Freundinnen reden nicht mehr mit mir.

Trotz allem ist ihr Gewicht in meiner Hand seltsam tröstend, und ich merke, dass ich sie nur widerwillig loswerden möchte.

»Aber du hast gesagt, dass allein die Edelsteine ein Vermögen wert sind«, wende ich ein.

Die Puderdose vibriert in meiner Hand wie eine schnurrende Katze und sagt mir, dass wir zusammengehören.

»Was hat man davon, schön und reich zu sein, wenn man allein ist?«, fragt Shrimpy. »Schau, was mit deiner Stiefgroßmutter, der Königin, passiert ist.«

Wie konnte ich das vergessen?

Ihr habt vermutlich die Filmfassung des Märchens gesehen, die *auf einer wahren Geschichte beruht*, doch man hat gewisse einschlägige Tatsachen geändert, damit der Film ein Hollywoodende haben oder in diesem Fall ohne Altersbeschränkung herauskommen konnte.

Die Zwerge haben Stiefgroßmutter nicht wirklich über

eine Klippe gejagt. Dads Eltern haben sie zur Hochzeit von Mom und Dad eingeladen, aber Stiefgroßmutter war nicht bewusst gewesen, dass Mom die Braut war. Bevor sie sich zur Hochzeit aufmachte, stellte sie dem Spiegel dieselbe langweilige, alte Frage: »*Spieglein, Spieglein, an der Wand, wer ist die Schönste im ganzen Land?*«

Sie machte sich nicht allzu große Sorgen wegen der Antwort, weil sie glaubte, sie hätte Mom mit dem vergifteten Apfel umgebracht, und nach dem, was sie von vorbeiziehenden Reisenden gehört hatte, lag Mom immer noch in dem Glassarg mitten im Wald umgeben von traurigen kleinen Männern.

Doch dann kam Dad vorbei und zog diese gruselige Kussnummer ab und siehe da! Wahre Liebe! Meine Eltern hatten also diese klassische weiße Hochzeit, und bevor Stiefgroßmutter sich auf den Weg dorthin machte, stylte sie sich vor dem Spiegel und erwartete die übliche Antwort, erhielt aber stattdessen diese:

Frau Königin, Ihr seid die Schönste hier,

Aber Schneewittchen ist tausendmal schöner als Ihr.

Stiefgroßmutter hatte daraufhin einen hysterischen Anfall und wäre fast nicht zur Hochzeit gegangen, doch anscheinend ist Neugier nicht nur der Katze Tod. Sie ging hin, und Dads Eltern warteten schon mit besonderen eisernen Pantoffeln auf sie, weil Mom und Dad ihnen erzählt hatten, wie sie versucht hatte, meine Mutter umzubringen. Sobald sie ankam, todschick und in dem Glauben, sie wäre zumindest die Zweitschönste im ganzen Land, wenn schon nicht die Schönste, zwangen sie sie, die eisernen Pantoffeln anzuziehen, die so heiß waren (man hatte sie nämlich vorher übers Kohlefeuer gestellt), dass Stiefgroßmutter wie wild zu tanzen anfing, weil ihre Füße in den rotglühenden Schuhen wehtaten. Und sie tanzte und tanzte, während die Hochzeitsgäste im Kreis um sie herumstanden, klatschten und jubelten (weil ihnen nicht bewusst war, dass sie die eisernen Pantoffeln trug; sie hielten sie einfach für eine attraktive Frau, die eine echt heiße Sohle aufs Parkett legt), und dann brach sie auf einmal zusammen und starb. Herzinfarkt.

Ganz schön heftig, was? Als ich das Märchen zum ersten Mal hörte, jagte es mir eine Heidenangst ein, aber Mom meinte, die Schuhe wären immerhin von Fanolo Branik entworfen worden, einem entfernten Vorfahren des berühmten Schuhdesigners.

»Aber Dads Eltern haben Stiefgroßmutter *gefoltert*!«, entfuhr es mir. »Selbst wenn es mit brandaktuellen Designerschuhen war!«

»Darf ich dich daran erinnern, dass Stiefgroßmutter versucht hat, *mich umzubringen*? Nicht nur einmal, sondern *dreimal*? Was hätten wir deiner Meinung nach tun sollen?«, gab Mom damals zurück.

»Keine Ahnung – hättet ihr sie nicht einfach für dreißig Jahre ihres Lebens in den Kerker sperren können?«, wandte ich ein.

Mom und Dad meinten, ich würde das einfach nicht verstehen. Vor langer, langer Zeit waren die Dinge noch anders.

»Ich sollte mich wohl auf den Weg nach Hause machen«, sage ich und stehe auf, um zu gehen, anstatt Shrimpy eine Antwort zu geben. Denn ich weiß nicht, was ich ihm sagen soll. Selbst wenn er recht hat, bin ich mir nicht sicher, dass ich den Spiegel aufgeben kann.

»Bitte, Rosie. Hör auf deinen Onkel Shrimpy, nicht auf den Spiegel.«

Ich weiß, dass Onkel Shrimpy viel intelligenter ist, als ihm alle zugestehen, aber der Spiegel vibriert in meiner Tasche, als wollte er sagen: *Behalte mich. Behalte mich.*

Daher umarme ich Shrimpy einfach und sage: »Danke fürs Zuhören.«

Dann gehe ich raus, um den Bus nach Hause zu nehmen, den Spiegel immer noch sicher in meiner Tasche verstaut.

Kapitel 11

Gestern beim Abendessen überlegte ich, Mom zu fragen, was Jacob der Jäger und Onkel Shrimpy nicht verstehen konnten – warum sie mir die Puderdose mit dem Spiegel gegeben hatte. So wie die beiden ausgerastet sind, habe ich den leisen Verdacht, dass er Teil *des Spiegels* sein könnte – also des Spiegels meiner Stiefgroßmutter. Ständig drängt er mich danach zu streben, die Schönste im ganzen Land zu werden, ganz zu schweigen davon, dass er darauf besteht, dass ich in Gedichtform mit ihm rede. Die Hinweise verdichten sich.

Aber Mom und Dad freuten sich riesig über einen großen neuen Vertrag, den sie mit CynCorp abgeschlossen haben, und das ausgerechnet für eine neue Kollektion von *MärchenhafterLeben*-Spiegeln. Werbeslogan: *Betrachte Dich von Deiner besten Seite mit der neuen Schönste-im-Land-Spiegelreihe von* MärchenhafterLeben.com.

»Der heutige Vertragsabschluss bedeutet, dass deine Collegegebühren bezahlt sind«, sagte Mom.

Dad war total stolz auf Mom, weil sie den Vertrag allein ausgehandelt – und mit den CynCorp-Typen gefeilscht hatte, um eine höhere Beteiligung für die Benutzung des Charming-Namens herauszuschlagen.

»Deine Mutter ist nicht nur hübsch, Rosamunde«, sagte er und warf Mom einen verliebten Blick zu, während er mit ihr über dem Tisch Händchen hielt. »Sie ist auch eine gewiefte Geschäftsfrau!«

»Sie hat wohl aus ihren Fehlern gelernt, die sie bei den Geschäften mit Stiefgroßmutter gemacht hat«, erwiderte ich.

»Rosie! Das war wirklich unnötig«, blaffte Dad mich an.

Meine Mutter sah mich einfach nur an, ihre blauen Augen weit aufgerissen, verwirrt und ... verletzt.

»'tschuldigung«, murmelte ich.

Aber eigentlich tat es mir gar nicht leid. Ich wollte ihr wehtun. Weil sie mir diese bescheuerte, edelsteinbesetzte Puderdose geschenkt hat und ich jetzt deshalb in Schwierigkeiten stecke.

Ich *wusste*, dass meine Mutter um Dating-Ratschläge zu fragen, eine schlechte Idee war.

Nachdem ich mich den Großteil der Nacht hin und her gewälzt habe, bin ich immer noch wütend. So stinksauer, dass ich aus Protest meine Chucks mit einem meiner Phillipe-Outfits anziehe, anstatt die dazu passenden Ballerinas. In diesem Moment explodieren auf der Fifty-Ninth-Street angesichts dieser Modesünde vermutlich Köpfe. Aber es gibt mir ein gutes Gefühl, etwas aus der

Zeit zu tragen, bevor sich der Spiegel in alles eingemischt hat.

Ein morgendlicher Sonnenstrahl fällt durch mein Schlafzimmerfenster, spiegelt sich in den Edelsteinen der Puderdose, die auf meinem Nachttisch liegt, und reflektiert einen Farbregenbogen durch den Raum. Es hat fast etwas … Magisches. Während ich mir einrede, dass das irgendein Zeichen sein muss, nehme ich die Puderdose und öffne sie. Spiegelmädchen blickt mir entgegen. Ich sollte eigentlich mittlerweile total an sie gewöhnt sein, aber es fällt mir auch jetzt noch manchmal schwer zu glauben, dass sie ich ist, wenn ich in den Spiegel schaue.

Spieglein, Spieglein, ich mache mir Sorgen.
Muss ich dich wirklich schnell entsorgen?
Seit du in meinem Leben bist,
Ist alles nur noch großer Mist.

Na schön, den Spiegel um Rat zu fragen, wenn es darum geht, ihn loszuwerden, ist vermutlich nicht die schlauste Idee, die ich je hatte, aber der Spiegel behauptet ja, dass ich die Schönste im ganzen Land bin, nicht die Schlauste.

Undankbare Göre! Wie kannst du es wagen,
Dich so über mich, den Spiegel, zu beklagen?
Dein Date verdankst du mir allein,
So lass das Jammern endlich sein!

Normalerweise antwortet der Spiegel mit einem Vierzeiler – oder heißt es Vierling? Geschenkt, vier Verse. Aber jetzt ist er so wütend auf mich, dass er mir diesmal doppelt so viel »Spaß« beschert.

Und bitte, oh Maid, was soll'n diese Schuhe?!
Ihr scheußlicher Anblick lässt mir keine Ruhe.
Prinzessin, du gehst mir gewaltig auf die Nerven,
Wag's ja nicht, deine Schönheit aus dem Fenster zu werfen.

Ich klappe die Puderdose zu, nur für den Fall, dass der Spiegel vorhat, weiter an mir rumzunörgeln. Als würde ich mich nicht schon schlecht genug fühlen. Außerdem ist es Zeit, mich auf den Weg zur Schule zu machen.

Durch das Busfenster sehe ich Hunter, der mit seinen Mannschaftskameraden an ihrem üblichen Treffpunkt herumsteht. Sollte sich mein Puls bei seinem Anblick nicht ein wenig erhöhen? Katie hat sich so darauf gefreut, mit Quinn auf den Ball zu gehen. Auch wenn er ein Vollidiot ist, ist er ein Vollidiot, den sie wirklich mag. Sollte ich nicht etwas anderes empfinden als den Drang, in die entgegengesetzte Richtung zu rennen, so schnell mich meine ausgeleierten Turnschuhe tragen können?

Aber am Samstag findet der Ball statt, und er ist auf Gedeih und Verderb mein Date, und Mom sagt, ich muss ihn fragen, welche Farbe seine Knopfblume haben soll. Wenn ihr mich fragt, ist das sowieso zu viel des Guten, doch Mom besteht darauf, dass es nicht so ist. Katie hat sich auch einen Kopf über Blumenfarben gemacht, als wir noch miteinander geredet haben, daher spiele ich einfach mit.

Nachdem ich aus dem Bus ausgestiegen bin, atme ich tief durch, um mich zu beruhigen, bevor ich Hunter anspreche, atme aber nur Busabgase ein und muss husten, was alles andere als beruhigend ist. Ich habe einen so heftigen Hustenanfall, dass ich ein Taschentuch aus meinem Rucksack kramen muss, um mir Tränen aus den Augen zu wischen, und beobachte dabei, wie Genny Krulinski sich lächelnd Hunter nähert. Er grinst sie an, und bis ich das Taschentuch schließlich in den Müll geworfen habe, unterhalten sich die beiden auch schon angeregt.

Hunter hat ihr offenbar viel mehr zu erzählen als mir, denke ich.

Vielleicht liegt es daran, dass sie sich wirklich für das interessiert, was er ihr erzählt. Oder daran, dass sie ihn wirklich mag und ich … nicht.

Hunter und ich haben nichts gemeinsam. Das Einzige, worüber wir jemals geredet haben, waren er und dieses arme Mädchen im Starcups – und ich habe deswegen ein schlechtes Gewissen.

Ich will eigentlich gar nicht mit ihm auf den Ball, auch wenn das bedeutet, dass ich gar nicht hingehe, wird mir auf einmal klar. Ich würde lieber zu Hause bleiben und mir einen Film ansehen. Oder ein Buch lesen.

Wenn der Spiegel meine Entscheidung mitbekommt, wird ihm der Kopf explodieren – also, wenn der Spiegel einen Kopf hätte. Aber ich bin so erleichtert, weil ich das Gefühl habe, man hätte mir gerade gesagt, dass ich die Schulaufgabe nicht schreiben muss, für die ich nicht gelernt habe. Nur muss ich mir jetzt überlegen, wie ich das Hunter beibringen soll.

Den ganzen Tag lang zerbreche ich mir deswegen den Kopf und warte auf die richtige Gelegenheit. Er ist entweder ständig von seinen Mannschaftskameraden umgeben, oder Genny ist in der Nähe. Am Ende des Schultags wird mir klar, dass es keinen einfachen Weg gibt, es ihm zu sagen.

Deshalb atme ich tief durch und gehe zu ihm hin, als er sich neben seinem Spind mit zwei Jungs aus dem Fußballteam unterhält.

»Hunter, kann ich dich kurz sprechen?«

»Klar, schieß los«, sagt er.

»Ich meine, allein.«

»Oooooh, allein!«, zieht mich sein Mannschaftskamerad auf. »Wie romantisch!«

Von wegen, denke ich.

Hunter boxt ihn auf den Arm und sagt seinen Freunden, dass sie sich verziehen sollen – dass er sie in fünf Minuten draußen treffen wird.

Dann lehnt er sich gegen den Spind und sieht mich erwartungsvoll an. »Also, was gibt's?«

Ich habe den ganzen Tag auf diesen Moment gewartet. Aber jetzt da ich Hunter direkt gegenüberstehe, geht mir das, was ich zu sagen habe, nur schwer über die Lippen.

»Hunter, es tut mir leid.«

»Was?«

»Ich kann nicht mit dir auf den Ball gehen.«

»Oh, okay.«

Okay?

Es ist nicht so, als wollte ich, dass er darüber traurig ist, aber ein wenig mehr als »Oh, okay« hatte ich schon erwartet.

»Aber ich dachte, dass du vielleicht Genny Krulinski fragen könntest.«

Hunter nickt.

»Gute Idee. Danke.«

»Kein Problem.«

»Ich muss los«, sagt er. »Training.«

»Alles klar. Viel Spaß.«

Er lacht.

»›Spaß‹ würde ich das nicht gerade nennen, aber ja.«

Genny würde wissen, was sie ihm anstatt »Viel Spaß« zum Thema Training sagen könnte. Ich hoffe, er fragt sie. Und ich bin erleichtert, dass ich nicht zum Ball gehen und Stunden damit verbringen muss, mir den Kopf zu zerbrechen, worüber ich mit ihm reden könnte.

Ich beschließe, meine Entscheidung mit einem großen Mocha bei Starcups zu feiern und mich darüber hinwegzutrösten, dass ich wieder ohne Date dastehe, auch wenn ich es selbst so gewollt habe. Auf dem Weg dorthin komme ich an der Drogerie vorbei und erhasche mein Spiegelbild im Schaufenster. Ich bleibe stehen, um es zu betrachten, denn selbst nach einer Woche erkenne ich das Mädchen immer noch nicht, das meinen Blick erwidert. Vielleicht wird es Zeit, das zu ändern.

Auch wenn Mom das nicht gefallen wird, gehe ich in die Drogerie und steuere auf die Abteilung mit den Haarfarben zu. Ich entscheide mich für eine violette Haartönung, überlege es mir dann aber anders, weil das vielleicht doch zu viel des Guten ist. Stattdessen suche ich mir eine Farbe aus, die meiner natürlichen Haarfarbe nahekommt, bevor Phillipe und Giacomo an ihr herumgepfuscht haben. Heute Abend werde ich mich wieder ganz wie die Alte fühlen, hoffe ich.

Als ich bei Starcups ankomme, gehe ich erst einmal auf die Damentoilette, bevor ich meinen Mocha bestelle, und während ich mir die Hände wasche, lächle ich mein Spiegelbild über dem Waschbecken an. Zumindest bin ich mir ganz sicher, dass dieser Spiegel mir kein Kontra geben wird. Ich habe es satt, von einem Stück reflektierendem Glas runtergeputzt zu werden.

Vielleicht haben Onkel Shrimpy und Jacob recht. Vielleicht *sollte* ich den Spiegel loswerden.

Ich hole die Puderdose aus meinem Rucksack. Sie ist so wunderschön, mit ihrem polierten Gehäuse aus Gold und den Edelsteinen, die selbst in der gedämpften Toilettenbeleuchtung mit einem inneren Feuer funkeln. Mit dem Finger fahre ich über das eingravierte Familienwappen meiner Mom und schnappe mir dann ein paar Papierhandtücher aus dem Spender. Nachdem ich die Puderdose sorgfältig darin eingewickelt habe, atme ich tief durch und werfe sie in den Müll.

Ich nehme meinen Rucksack und verlasse die Toilette. Aber noch bevor die Dame mit ihrem kleinen Sohn, der schon mit überkreuzten Beinen dasteht, hineingehen kann, mache ich auf dem Absatz kehrt, renne zurück, schließe die Tür ab und krame die Puderdose aus dem Mülleimer. Ich wickele sie aus, wische sie mit einem feuchten Tuch ab und wasche mir dann die Hände, bevor ich sie sicher unten in meinem Rucksack verstaue.

Schließlich ist es ein Familienerbstück, das mir meine Mutter geschenkt hat. Sosehr ich dieses Ding auch hasse, ich kann es nicht einfach so in einer öffentlichen Toilette in den Müll werfen. Das ist … würdelos. Vor allem bei etwas so Antikem und Wertvollem – selbst wenn es nervig und potenziell böse ist. Sobald ich zu Hause bin, werde ich es Mom einfach zurückgeben.

Ich verlasse die Toilette zum zweiten Mal. Der kleine Junge weint, und seine Mom wirft mir einen bösen Blick zu, als sie ihn in die Kabine scheucht.

Ich hoffe, dass er es noch rechtzeitig schafft. Falls nicht, ist das ein weiteres Unglück, das aufs Konto des Spiegels geht.

Als ich mich für meinen Mocha in die Schlange stelle, fällt mir auf, dass hinter der Theke das Mädchen bedient, das Hunter und ich beleidigt haben. Sie trägt dasselbe dunkle Augen-Make-up wie neulich – und sie wirkt auch kein bisschen glücklicher.

»Was kann ich heute für dich tun?«, fragt sie und schenkt mir dasselbe gequälte, angedeutete Lächeln, mit dem sie den Mann vor mir bedacht hat.

Entweder erinnert sich das Mädchen nicht an meine gehässige Bemerkung, oder sie mochte den Typen vor mir auch nicht besonders. Aber *ich* erinnere mich an das, was ich gesagt habe, und habe immer noch ein schlechtes Gewissen deswegen.

»Ich hätte gerne einen großen Skinny-Mokka«, sage ich.

»Name?«

Ich öffne den Mund, um ihr einen falschen Namen zu nennen, zögere aber. Wenn ich wieder die echte Rosamunde White-Charming sein will, muss ich jetzt damit anfangen.

»Rosie.«

Sie ruft meine Bestellung aus, während sie meinen Namen auf den Becher schreibt.

»Das wären dann fünf Dollar und neunzig Cent«, sagt sie.

Ich reiche ihr mein Geld und füge hinzu: »Übrigens … Es tut mir leid, was ich letztens gesagt habe.«

»Was hast du gesagt?«, fragt sie, ohne von der Kasse aufzublicken.

Es ist mir peinlich, es zu wiederholen. Ich will nicht zugeben, dass ich diese Dinge gesagt habe.

»Ähm … ich habe Hunter gefragt, ob er bei der Miss-Teen-Amerika-Wahl für dich stimmen würde, und er hat gelacht und gesagt, dass du potthässlich bist … Darauf habe ich was nicht sonderlich Nettes erwidert. Und … es tut mir leid.«

Sie schaut mich endlich an, während sie mein Wechselgeld noch in der Hand hält.

»Oh … ja. Du warst mit diesem großen Muskelprotz hier, der normalerweise mit seiner Fußballmannschaft reinkommt und einen großen Eismokka bestellt.«

Ich nicke langsam, während meine Wangen vor Scham rot anlaufen.

»Rein aus Neugierde, warum entschuldigst du dich bei jemandem, den du nicht mal kennst?«, fragt sie und lässt das Wechselgeld in meine Hand fallen.

»Ich hab mich einfach nur schlecht gefühlt, weil das nicht … mein echtes Ich war«, erkläre ich ihr.

Sie schaut hinter mich. Die Schlange ist während meiner Entschuldigung angewachsen.

»Entschuldigung angenommen, echte Rosie«, sagt sie und zuckt mit den Schultern, und zum ersten Mal zieht sie einen Mundwinkel hoch, was der Anfang eines Lächelns sein könnte. Dann wendet sie sich an die nächste Person in der Schlange und fragt: »Was kann ich heute für dich tun?«

Ich nehme meinen großen Skinny-Mokka, und zu meinem Glück ist neben dem Fenster ein bequemer Sessel frei.

Als ich rausschaue, sehe ich ein älteres Paar vorbeilaufen – na ja, vielmehr vorbeischlurfen, denn es ist ziemlich alt und macht winzig kleine Alte-Leute-Schritte. Aber obwohl die beiden weißes Haar und verrunzelte Gesichter haben, halten sie Händchen, während sie mit ihren Alte-Leute-Schritten weiterschlurfen, und lächeln einander mit den Augen an.

So sieht wahre Liebe aus, wird mir klar. *Das ist ein Märchen des wirklichen Lebens.*

Ich beobachte, wie sie die Straße überqueren und hinter der nächsten Ecke verschwinden, ihre mit Altersflecken überzogenen Hände immer noch ineinander verschränkt, und erinnere mich an die letzten Zeilen von Elizabeth Barret Brownings »Sonett 43«:

Ich liebe dich mit allem Lächeln, aller Tränennot
Und allem Atem. Und wenn Gott es gibt,
Will ich dich besser lieben nach dem Tod.

Das erscheint mir viel logischer, als dass Romeo und Julia sich umbringen, obwohl sie sich kaum kennen.

Ich hole mein Englischheft heraus, um diese Erkenntnis für Mrs Minnich aufzuschreiben.

Elizabeth Barrett Browning hat Liebe besser verstanden als Shakespeare oder Edgar Allen Poe. Ich glaube nicht, dass Julia sich umgebracht hat, weil sie so unheimlich verliebt war – zumindest war es keine echte, keine wahre Liebe. Sie war verwirrt. Alle haben ihr ununterbrochen vorgebetet, dass sie schön sein und heiraten muss, obwohl sie erst dreizehn war. Ich meine, sie hatte immer noch eine Amme! Dann taucht der gut aussehende Romeo auf und fängt an, ihr Komplimente zu machen – und das auch noch in jambischen Pentametern –, und wird zum bequemen Mittelpunkt ihrer Verwirrung und Sehnsucht.

Was den Erzähler von Poes »Annabel Lee« betrifft – er ist mehr in die Vorstellung von Annabel verliebt als in das Mädchen selbst. Sie wird zum Symbol der Freude und Unschuld seiner Kindheit und ist keine wirkliche Person mit Gedanken und eigenen Ideen.

Ich hoffe, dass nicht alle Männer so über Frauen denken, wenn sie verliebt sind. Na ja, es ist allgemein bekannt (und unglaublich peinlich), dass Dad Mom geküsst hat, während sie bewusstlos war, weil ihre Schönheit ihn so in den Bann geschlagen hatte, doch ich weiß mit absoluter Gewissheit, dass er sie aus tief empfundenen Gründen liebt. Er spricht ständig von ihrer Klugheit, und niemand ist stolzer, wenn Mom einen neuen Vertrag für *MärchenhafterLeben.com* abschließt.

Die Liebe meiner Eltern mag im Stil von Shakespeare oder Poe angefangen haben, hat sich aber zu einer Elizabeth-Barrett-Browning-Liebe entwickelt. Mom ist es egal, dass ihr Märchenprinz eine Lesebrille braucht. Sie sagt, sie würde ihn intelligent und kultiviert aussehen lassen.

Ich kann mir total gut vorstellen, wie Mom und Dad winzige Alte-Leute-Schritte in den Sonnenuntergang machen und Händchen halten wie das ältere Paar, das ich auf der Straße gesehen habe. Das ist das »Und sie lebten glücklich und zufrieden bis ans Ende ihrer Tage«, das ich mir wünsche.

»Das ist aber ein tiefer Seufzer. Hausaufgaben?«

Ich blicke auf und sehe den geheimnisvollen Shakespeare-Typen mit einer großen dampfenden Tasse neben dem freien Sessel mir gegenüber stehen. Er trägt eine Lederjacke und ein T-Shirt mit der Aufschrift: *I'm Just a Poe Boy from a Poe Family.*

»Nicht wirklich. Ich denke nur über …«, ich will nicht *Liebe* sagen, »Dichtung nach.«

»Hm. Was dagegen, wenn ich mich zu dir setze?«

»Oh, du hast mich diesmal erkannt?«

Seine Wangen werden ein wenig rot. »Ich war wohl letztens ein bisschen unfreundlich, was?«

»Ein bisschen. Aber vielleicht hattest du auch ein bisschen recht.«

Er beugt sich vor, die Ellbogen auf den Knien und das Kinn in die Hände gestützt.

»Also … auf die Gefahr hin, wieder das Falsche zu sagen … und möglicherweise politisch unkorrekt zu sein … darf ich dich fragen, was überhaupt der Anlass für deine radikale Typveränderung war?«

Ich will nicht lügen, weil ich versuche, ich selbst zu sein, aber ich weiß auch nicht so recht, ob ich ihm die Wahrheit sagen will.

»Das ist … eine lange Geschichte«, erwidere ich, in der Hoffnung, dass ich nicht mehr sagen muss.

»Das ist okay. Ich mag Geschichten«, meint er und lehnt sich in seinem Sessel zurück. »Ich bin ganz Ohr.«

Also erzähle ich ihm vom Herbstball – dass ich kein Date hatte und ich, obwohl ich es hätte besser wissen müssen, meine Mutter, die eine Schönheits- und Lifestyle-Website betreibt, um Rat gebeten habe, wie ich eins finden könnte. Woraufhin sie mich zu Phillipe geschickt hat, sodass ich am Ende so aussehe.

»Es ist nicht so, als würdest du *schlecht* aussehen«, meint er. »Es ist einfach nur *anders.*«

»Alles ist jetzt anders«, seufze ich.

Ich versuche mir zu überlegen, wie ich ihm die Situation ehrlich erklären kann, ohne ihm jedoch alles zu erzählen. Ich will ihm nicht verraten, wer meine Eltern sind, weil Leute dann entweder ausrasten oder ein wenig zu beeindruckt sind. Den sprechenden Spiegel will ich auf gar keinen Fall erwähnen, weil er dann glaubt, dass ich total gaga bin.

»Es kommt mir nur so vor, als hätte Moms Lösung für

mein Dating-Problem am Ende noch mehr Probleme geschaffen. Meine beiden besten Freundinnen reden nicht mehr mit mir, weil Katie glaubt, ich hätte mit Quinn, ihrem Freund, geflirtet, damit er mich zum Ball einlädt, obwohl er sie schon gefragt hat, aber das habe ich nicht, ich schwör's«, erzähle ich ihm, während ich ihm geradewegs in die Augen sehe und ihn so anflehe, mir zu glauben, was Katie und Nicole sich weigern zu tun. »Katie ist meine beste Freundin. So was tut man seinen Freundinnen nicht an.«

Er schüttelt den Kopf, und ich umklammere die Armlehne und senke den Blick auf meine weißen Fingerknöchel. Er glaubt mir auch nicht.

»Nein, ich kann mir auch nicht vorstellen, dass das Mädchen, das Romeo für eine ›Emo-Drama-Queen‹ hält, die sich zu leicht ver- und entliebt, so was einer besten Freundin antun würde«, sagt er.

Als ich zu ihm aufsehe, lächelt er mich an, und als ob sie das zu meinem ganz eigenen Märchen machen wollte, bricht die Sonne durch die Wolken und wirft ihre Strahlen in die Gebäudeschluchten von New York und durch die Starcups-Fenster, um uns in ihren Glanz zu tauchen. Ich meine es ernst. Ja, ich weiß, es klingt wie eine kitschige Filmszene, aber es stimmt.

Die Tatsache, dass er mir glaubt, gibt mir das Selbstvertrauen, ihm zu sagen, was mich wirklich stört.

»Das Schlimmste an der ganzen Sache ist, dass mir nicht gefällt, was ich sehe, wenn ich in den Spiegel blicke«, beichte ich ihm. »Na ja, nein ... Das ist es nicht mal. Es ist erst eine Woche vergangen, aber mir wird ständig gesagt, dass ich diese ganz unterschiedlichen Dinge sein und tun muss, um ein Date zu bekommen, und ... die Sache ist ... ich bin mir nicht sicher, ob ich noch weiß, wer ich bin.«

»Ich weiß auch nicht, wer du bist«, sagt er mit einem schrägen Lächeln. »Du hast mir nie gesagt, wie du heißt.«

»Oh ... ich heiße Rosamunde«, antworte ich. »Aber meine Freunde nennen mich Rosie.«

»Und ich bin Benjamin, falls du dich das gefragt hast«, erwidert er. »Aber meine Freunde nennen mich Ben.«

»Ich habe dich Geheimnisvoller Shakespeare-Typ getauft«, gebe ich zu.

Ben trinkt gerade einen Schluck von seinem Kaffee und prustet ihn durch Mund und Nase wieder auf seine Jeans heraus.

»Lecker«, bemerke ich und reiche ihm eine Serviette.

»Warne mich das nächste Mal vor, wenn du vorhast so was zu sagen, wenn ich gerade trinke«, meint Ben, der ganz süß und durcheinander ist, als er sich den Kaffee von der Hose tupft.

»'tschuldige«, sage ich, aber insgeheim freue ich mich total, ihn »nächstes Mal« sagen zu hören.

»*Geheimnisvoller Shakespeare-Typ* ... gefällt mir. Vor allem der *Geheimnisvoll*-Teil«, schiebt er hinterher. »Na ja, eigentlich vor allem der Teil, dass du überhaupt an mich gedacht hast.«

Jetzt bin ich an der Reihe, durcheinander zu sein. Ich schaue aus dem Fenster, weil ich ihn nicht ansehen kann. Draußen läuft eine Frau vorbei, über die das Urteil meiner Mom vermutlich lauten würde: »Muss sich mehr Mühe mit ihrem Äußeren geben«. Sie geht mit einem süßen, flauschigen weißen Hund spazieren, der ein Outfit anhat, das selbst bei der kritischsten *MärchenhafterLeben*-Leserin Zustimmung finden würde. Sogar Phillipe würde bei dem niedlichen Ensemble dieses Hundes ins Schwärmen geraten, inklusive passender Leine und passender Hündchen-Baskenmütze. Ich frage mich, was der Spiegel zu der Frau sagen würde, wenn ich ihn ihr schenken würde. Würde er ihr sagen, dass sie sich anstrengen muss, um die Schönste im ganzen Land zu werden? So nach dem Motto:

Hundedame, schau dich an.
So kriegst du niemals einen Mann.
Gibst all dein Geld fürs Hündchen aus,
Da nimmt doch jeder Prinz reißaus!

Oh mein Gott! Ich fange an, wie der Spiegel zu denken, und nehme einfach an, dass diese Frau, über die ich absolut nichts weiß, kein Liebesleben hat, weil sie keine modischen Klamotten trägt, aber ihr Hund schon. Dabei könnte sie genauso gut die romantischste Beziehung aller Zeiten haben und gemeinsam mit ihrem Liebsten süße kleine Hundeoutfits einkaufen gehen, weil das genau ihr Ding ist.

»Du denkst jetzt nicht gerade über mich nach«, sagt Ben. »Was geht in Rosamundes *meine Freunde nennen mich Rosie* Kopf vor?«

Ich reiße mich aus meinen Gedanken und kehre zurück ins Café. Zu Ben. Zu dem, was auch immer es ist, das neu und aufregend, aber auch beängstigend ist. »Ich denke darüber nach, wie ich angefangen habe, über Leute zu urteilen«, antworte ich. »Aber aus den ganz falschen Gründen.«

»Dich eingeschlossen?«, fragt er.

»Ich denke schon«, gebe ich zu.

»Also … abgesehen davon, dass deine Verwandlung eine Menge Probleme verursacht hat, hat sie dich denn auch an dein Ziel gebracht?«, fragt Ben. »Ich meine … hast du ein Date für den Ball?«

Ich gebe ein reuiges Glucksen von mir.

»Das hatte ich … bis vorhin, als ich meinem Date mitgeteilt habe, dass ich nicht mit ihm hingehen kann.«

Ben schaut verwirrt. Das kann ich ihm nicht verübeln. Mir geht's nicht anders.

»Aber … ich dachte, dass es … genau darum ging«, er wedelt mit der Hand in Richtung meiner Haare und Klamotten, »ein Date für den Ball zu bekommen.«

»Das war auch so«, seufze ich. »Aber was hat man von einem Date, mit dem man nur kommunizieren kann, indem man fies zu anderen Leuten ist?«

Der Ausdruck in Bens Gesicht verrät mir sofort, dass er die Verbindung herstellt. »Moment mal … Dein Date für den Ball ist der *Fußballer*?!«

»*War* mein Date. Er ist es nicht mehr.«

»Puh!«, sagt Ben. »Obwohl ich's kaum fassen kann, dass er es überhaupt mal war.«

»In der Not trifft Rosie wohl ziemlich schlechte Entscheidungen.«

»Also … dann hast du im Moment kein Date?«

»Nein«, sage ich und seufze erneut. »Ich stehe wieder ganz am Anfang. Als Versagerin ohne Date.«

Er stellt seine Kaffeetasse ab und beugt sich vor.

»Also, Rosie, zwei Sachen. Erstens: Du kannst ganz leicht ändern, wen du im Spiegel siehst, wenn du diese Person nicht wiedererkennst«, sagt er. »Du hast das schon mal gemacht, oder? Warum kannst du das dann nicht wieder tun?«

»Da wir gerade davon sprechen«, erwidere ich und hole die Haarfarbe aus meiner Tasche.

»Zwei Doofe, ein Gedanke«, sagte er lächelnd.

»Und … zweitens?«

Er zögert, senkt den Blick auf seine mit Kaffee bespritzten Knie und sieht dann wieder mit einem überraschten, schüchternen Lächeln zu mir auf.

»Zweitens: Wenn du ein Date für den Ball brauchst … na ja, ich kann tanzen. Mehr oder weniger. Du gewinnst mit mir keine Wettbewerbe, außer den für den besten

Ententanz, und … ich weiß, ich bin kein Märchenprinz, aber …«

Wenn er nur wüsste, wie absolut peinlich es wäre, *wenn* er es wäre!

»Ich würde supergerne mit dir auf den Ball gehen«, antworte ich. »Denn jetzt will ich deine Ententanz-Skills unbedingt sehen.«

Ben lacht. »Du wirst dir vielleicht irgendwann wünschen, das nie gesagt zu haben«, erwidert er. »Den Ententanzteil, meine ich. Hoffentlich nicht den Teil, dass du mit mir auf den Ball gehen willst.«

Nein, den Teil werde ich bestimmt nie bereuen, nicht wie bei Hunter. Im Gegensatz zu so ziemlich allem anderen, das in den letzten zehn Tagen passiert ist, fühlt sich diese Entscheidung genau richtig an.

Kapitel 12

Ich schwebe praktisch vom Starcups nach Hause und fühle mich zum ersten Mal besser, seit Mom mir den Spiegel geschenkt hat.

»Guten Tag, Miss Rosie«, sagt Victor, als er die Tür für mich öffnet.

»Es *ist* ein guter Tag, nicht wahr, Victor?«, antworte ich und bleibe stehen, um ihn zu umarmen.

Er ist von meinem plötzlichen zärtlichen Ausbruch überrascht – ich habe ihn nicht mehr umarmt, seit ich ein kleines Mädchen war.

»Freut mich zu hören, Miss Rosie«, sagt Victor und tätschelt mir den Rücken. »Sie haben in letzter Zeit … nicht ganz wie Sie selbst gewirkt.«

»Keine Sorge«, erwidere ich. »Das wird sich ändern.«

»Gut«, sagt er. »Denn Rosie Charming ist jemand ganz Besonderes, wenn Sie mich fragen.«

Und er greift in die Tasche seines Mantels, als wollte er mir ein Schokobonbon geben, zögert dann aber: »Wie stehen Sie momentan zu Schokobonbons, Miss Rosie?«

»Genau in diesem Augenblick stehe ich Schokobonbons eindeutig positiv gegenüber«, antworte ich und streckte meine Hand aus.

»Das freut mich zu hören«, sagt er, holt eins aus seiner Manteltasche und lässt es in meine wartende Hand fallen.

»Danke, Victor«, antworte ich und mache mich auf den Weg nach oben, um an meiner Rückverwandlung von Spiegelmädchen zu Rosie zu arbeiten.

Der erste Schritt ist die Haarfarbe. Ich habe mir noch nie die Haare gefärbt. In der Anleitung steht, dass man das Färbemittel erst einmal an einer kleinen Stelle ausprobieren und vierundzwanzig Stunden warten soll, ob es zu einer allergischen Reaktion kommt, aber das schenke ich mir. Ich will so schnell wie möglich wieder die echte Rosie sein. Deshalb mische ich die Farbe und den Beschleuniger zusammen, trage die Mischung sorgfältig auf mein Haar auf und versuche, sie nicht auf den Waschtisch oder meine Kleider tropfen zu lassen. Dann stelle ich meinen Handytimer auf zwanzig Minuten und nehme die Puderdose aus meinem Rucksack.

Sobald sie von ihrer Besprechung mit irgendwelchen hochrangigen CynCorp-Vorstandsmitgliedern über die Markteinführung der Schönste-Spiegel-Kollektion nach Hause kommt, gebe ich sie Mom zurück.

Ob manche Designs in Moms neuer Kollektion wohl auf dem Spiegel in der Dose beruhen?, überlege ich, während ich die Edelsteine mit meinem Hemdsaum poliere, sodass ihre Farben noch schöner im Lampenlicht glänzen.

In meinem tiefsten Innern weiß ich, dass es ein Fehler ist, die Puderdose noch einmal zu öffnen. Dass Shrimpy und Jacob recht haben und nichts Gutes von diesem Gegenstand kommen kann, auch wenn es ein Familienerbstück aus Gold ist, das mir schwer in der Hand liegt, und mit makellosen Edelsteinen aus der Sieben-Berge-Mine verziert ist, die ein Vermögen wert sind.

Aber der Spiegel ruft mich. Es ist wie mit diesem einen Freund, von dem man weiß, dass er irgendwann etwas Gemeines loslässt, man aber weiter Sachen mit ihm unternimmt, weil man sich einredet, dass es diesmal anders sein wird.

Ich spüre, wie mein Herz schneller schlägt, als ich die Puderdose öffne und mich im Spiegel betrachte. Mit dunklen Schlieren von der Haarfarbe quer über dem Schädel sehe ich definitiv nicht mal annähernd wie die Schönste im ganzen Land aus. Aber das ist mir egal, selbst wenn es den Spiegel stört.

Spieglein, Spieglein, in meiner Hand,
Will gar nicht sein die Schönste im Land.
Ich bin, wie ich bin, und so will ich sein.
Also, leb wohl, du schöner Schein.

Die Puderdose wird heiß und vibriert in meiner Hand. Ich klappe sie beinahe zu, doch dann beschließe ich, dem Spiegel das letzte Wort zu lassen. Ich kann's aushalten.

Undankbares Gör', sei nicht so verwegen.
Die ganze Schule hätt' dir zu Füßen gelegen.
Die Schönste von allen wärst du gewesen,
Doch jetzt bist du nicht mehr so auserlesen.

»Geschenkt«, sage ich und klappe die Puderdose zu. »Wenigstens bin ich nicht bloß ein verbittertes Stück sprechendes Glas.«

Mein Handytimer klingelt, und ich spüle mein Haar in der Dusche aus. Als ich rauskomme, ziehe ich eine alte Jeans und ein *Lies-Mehr-Bücher*-T-Shirt an und werfe Phillipes Make-up in den Müll.

Nachdem ich meine Haare geföhnt habe, mache ich ein Selfie und schicke es Katie und Nicole.

»Bitte antwortet«, flüstere ich, als ich auf Senden drücke.

Nicole meldet sich sofort.

Oh mein Gott! Was ist mit deiner neuen Haarfarbe passiert?

Hab beschlossen, dass mir die alte Rosie besser gefällt, schreibe ich zurück.

Was sagt deine Mom?

Sie hat es noch nicht gesehen, antworte ich.

O … o!!!, meint Nicole. *PS. Mir gefällt die alte Rosie auch besser.*

Genau in dem Moment antwortet Katie.

Mir auch!

Videochat?, schreibe ich. *Ich habe NEUIGKEITEN!*

Sie sind einverstanden, und wir gehen zu Video über.

»Also … was ist die große Neuigkeit, außer dass du wieder deine normale Haarfarbe hast?«, will Katie wissen.

»Ich habe Hunter gesagt, dass ich nicht mit ihm auf den Ball gehe«, antworte ich.

Ihre geschockten Mienen sind urkomisch.

»Aber … du warst total besessen davon, ein Date für den Ball zu finden, und jetzt wo du endlich eins hast, willst du nicht mehr mit ihm hingehen?«, fragt Nicole. »Was ist los mit dir?«

»Moment mal … Quinn hat dich aber nicht noch mal gefragt, oder?«, hakt Katie auf einmal misstrauisch nach.

»NEIN!«, platze ich heraus. »Und wenn er es tun würde, würde ich ihm *wieder* eine Abfuhr verpassen.«

»Heißt das dann, dass du gar nicht hingehst?«, fragt Nicole. »Ich dachte nämlich, du hättest das ganze Neustyling nur mitgemacht, weil du auf den Herbstball gehen wolltest.«

»Stimmt«, gebe ich zu. »Und ich *gehe* auch hin. Nur nicht mit Hunter und auch nicht als umgestylte Rosie.«

»Okay, jetzt bin ich total verwirrt«, sagt Katie. »Kann mir mal jemand erklären, was Sache ist?«

»Also, ich nicht«, grummelt Nicole. »Denn ich bin genauso baff wie du. Mit wem gehst du denn auf den Ball?«

»Mit dem geheimnisvollen Shakespeare-Typen«, antworte ich. »Nur heißt er eigentlich Ben.«

Beide schauen verständnislos.

»Erinnert ihr euch nicht? Der Typ, den ich im Starcups an dem Tag kennengelernt habe, an dem ich meinen Termin bei Phillipe hatte. Wir haben uns über *Romeo und Julia* gestritten?«

Katie erinnert sich als Erste.

»Du gehst mit dem wildfremden Typen von Starcups zum Ball?!«, schreit sie praktisch. »Hast du sie noch alle?!«

»Er ist kein wildfremder Typ!«, protestiere ich. »Er ist ein netter, witziger Typ namens Ben.«

»Bist du dir da ganz sicher?«, fragt Nicole. »Ich meine, du kennst ihn doch kaum.«

Katie glaubt, sie würde Quinn kennen, aber er hat mich hinter ihrem Rücken gefragt, ob ich mit ihm zum Ball gehen will. Mom kannte Dad kaum, als er sie in dem Glassarg geküsst hat, was ich, so ganz nebenbei, nach wie vor megagruselig finde, und doch hat ihre Beziehung trotz des merkwürdigen Anfangs die Zeit überdauert. In dem Märchen klingt es so, als wäre es nur um Liebe auf den ersten Blick und Moms Schönheit und Dads Attraktivität gegangen, doch das ist nicht die wirkliche Geschichte. Der Respekt, den sie füreinander haben, und dass sie miteinander lachen können, macht ihr »Und sie lebten glücklich und zufrieden bis ans Ende ihrer Tage« aus. Dass sie ein echtes Team sind.

»Es ist nur ein Date für den Ball, Mädels, wir haben nicht vor zu *heiraten*«, erkläre ich. »Hört mal, meine Mom ist mit meinem Dad in den Sonnenuntergang geritten, nachdem er sie geküsst hat, *als er dachte, sie wäre tot.* Sich zu einem wildfremden Typen hingezogen zu fühlen, liegt mir wohl im Blut.«

Nicole und Katie sehen mich ein, zwei Sekunden lang schweigend an, und ich frage mich, ob sie mich für verrückt halten. Aber dann brechen sie beide in schallendes Gelächter aus.

»Ich hab dich vermisst, Rosie«, sagt Katie.

»Könnt ihr morgen nach der Schule vorbeikommen?«, frage ich. »Ich brauche eure Hilfe bei der Suche nach einem Ballkleid. Ich will mich in den Secondhandläden umsehen.«

Was ich ihnen nicht sage, ist, dass ich ihnen alle Kleider schenken will, die Phillipe für mich bei *Très Cher* ausgewählt hat. Ich brauche oder will sie nicht mehr. Sie sind eine Haut, die ich abwerfen muss – Spiegelmädchens Uniform.

»Jetzt weiß ich, dass die alte Rosie zurück ist!«, sagt Katie.

»Klingt super«, stimmt Nicole zu.

Genau in dem Moment höre ich die Eingangstür, und Mom ruft: »Rosie! Ich bin zu Hause!«

»Muss los!«, sage ich ihnen. »Bis morgen.«

Ich nehme die Puderdose und suche meine Mutter auf. Sie ist in der Küche und macht sich eine Tasse *Märchen-hafterLeben*-Silber-Spindel-Tee: beruhigt und glättet – Anti-Aging-Mischung!

Moms Teelöffel fällt klappernd auf den Boden.

»Rosamunde White-Charming! Was hast du mit deinem Haar angestellt?«

Ups. In meiner Eile, ihr den Spiegel zurückzugeben, habe ich das ganz vergessen.

»Ich hab's wieder normal gefärbt«, sage ich.

»Aber … *warum?*«, fragt Mom. »Hast du auch nur die geringste Ahnung, wie viel ein Schnitt mit Farbe bei Giacomo kostet?«

Ehrlich gesagt, hatte ich darüber nicht wirklich nachgedacht, und ich habe ein schlechtes Gewissen, weil ich Moms Geld verschwendet habe.

»Es tut mir leid, Mom«, sage ich. »Es ist nur … ich habe mich nicht mehr wie ich selbst gefühlt.« Ich halte ihr die Puderdose hin. »Ich will das hier zurückgeben. Es ist … nicht gut für mich, das zu besitzen.«

Mom nimmt mir die Puderdose nicht gleich ab, deshalb muss ich sie ihr weiter mit ausgestrecktem Arm und zitternden Fingern hinhalten.

»Komm, setz dich hin und sag mir, warum«, sagt Mom. »Möchtest du eine Tasse Tee?«

»Nein, danke«, antworte ich. Ich will einfach nur den Spiegel loswerden.

Mom bringt ihre Tasse zum Küchentisch und ich die Puderdose. Da Mom es offenbar kein bisschen eilig hat, sie mir abzunehmen, lege ich sie zwischen uns auf den Tisch. Die Diamanten auf dem Deckel zwinkern uns im Licht der Küche zu.

»Also, warum glaubst du, dass er nicht gut für dich ist?«, will Mom wissen und zeigt auf den Spiegel.

»Kannst du zuerst eine Frage beantworten? Ist der Spiegel da drin Teil von … du weißt schon, *dem* Spiegel? Stiefgroßmutters Spiegel?«

Mom lächelt. »Du bist also dahintergekommen. Ich dachte mir schon, dass du es erraten würdest.«

»Moment mal, du *wusstest*, dass du mir ein Stück von diesem durchgeknallten Spiegel gegeben hast?«, platze ich heraus. »Warum hast du das getan?« Es fällt mir sehr schwer zu begreifen, warum meine eigene Mutter mir *wissentlich* ein Stück von einem psychopathischen Spiegel zugeschoben hat. »Ich meine, das Ding hat Stiefgroßmutter dazu gebracht, zu versuchen, dich *umzubringen*! Was ist, wenn er mich zu einer jugendlichen Serienmörderin gemacht hätte?«

»Ich habe ihn dir gegeben, weil ich an dich glaube«, erwidert Mom, womit jetzt alle Klarheiten beseitigt sind.

»Was?«

Meine Mutter nippt an ihrem Tee, bevor sie antwortet. »Wenn ich dir einfach von meinen Lebenserfahrungen erzählt hätte, hättest du nicht zugehört«, erklärt Mom.

»Ich habe nicht auf deine Onkel gehört, als sie mir gesagt haben, dass ich nicht mit Fremden reden soll. Ich dachte, ich wüsste alles. Ich dachte, ich wüsste es besser als sie. Ich war eine Prinzessin königlichen Blutes, und sie waren bloß kleine Leute.«

»Aber Jacob hat gesagt, du wärst kein Snob gewesen – dass du zu allen im Schloss freundlich warst«, wende ich verwirrt ein. »Er hat gesagt, dass das der wahre Grund ist, warum er dich nicht umgebracht hat. Es hatte nichts mit deiner Schönheit zu tun, wie es im Märchen erzählt wird.«

»Ich war vielleicht nach außen hin nett, aber in meinem Innern ... Na ja, ich war ein genauso großer Snob wie jede andere Prinzessin auch«, gibt Mom zu.

»Aber was hat das damit zu tun, dass du mir den Spiegel geschenkt hast?«

»Ich wollte, dass du von allein darauf kommst, dass die Schönste im ganzen Land zu sein nicht so toll ist, wie man meinen würde«, erklärt Mom. »Ich wusste, dass du im Gegensatz zu meiner Stiefmutter die Charakterstärke haben würdest, den Verlockungen des Spiegels zu widerstehen.«

»Aber wie konntest du dir so sicher sein?«, frage ich. »Ich bin momentan so ziemlich wegen allem verwirrt.«

»Das war ich mir nicht. Ich hatte immer einen winzig kleinen Zweifel, dass du ihm erliegen könntest. Aber ich habe das alles genau im Auge behalten, für den Fall, dass es tatsächlich passiert.« Sie sieht mich an, und ihr stehen Tränen in den Augen. »Ich wusste, dass meine Tochter ihre Lektion vom Spiegel lernen und dann tun würde, was ich getan habe – und zwar ihn wegsperren, bis die Zeit gekommen ist, ihn an ihre Tochter weiterzureichen.«

»Und welche Lektion hast *du* vom Spiegel gelernt?«, frage ich Mom. »Bevor du ihn weggesperrt und mir gegeben hast?«

Mom fährt mit einem manikürten Fingernagel über die Edelsteine auf dem Deckel der Puderdose.

»Der Spiegel hat mir Selbstvertrauen geschenkt – das Selbstvertrauen, mit dem ich heute in eine Besprechung mit CynCorp-Vorstandsmitgliedern gehe und einen Multimillionen-Dollar-Vertrag aushandele«, antwortet Mom. »Und seien wir mal ehrlich – der Spiegel hat mir das Märchen geschenkt. Ohne den Spiegel hätte ich deinen Vater nie kennengelernt und hätte dich nicht.«

Sie nimmt meine Hand und drückt sie.

»Und du, mein Schatz, wirst für Dad und mich immer die Schönste sein, ganz gleich, was der Spiegel sagt.«

»Auch mit der Zehn-Dollar-Haarfarbe?«, frage ich.

Mom lächelt. »Sogar dann … Aber versprich mir, dass du das nächste Mal, wenn dir nach einem Farbwechsel ist, Bescheid sagst, damit ich dich zu einem Profi schicken kann.«

Wie könnte ich so ein Angebot ablehnen?

»Aber weißt du, wir schulden dem Spiegel noch was anderes«, sagt Mom.

»Und das wäre?«, will ich wissen.

»Das alles«, antwortet sie und zeigt mit einer ausschweifenden Bewegung auf unsere wunderschöne Küche in unserer reizenden Wohnung in einem luxuriösen Vorkriegsgebäude mit Portier auf der Upper East Side von Manhattan.

Kopfschüttelnd frage ich: »Was hat der Spiegel mit unserer Wohnung zu tun?«

»Nicht nur mit der Wohnung, Rosie. Mit unserem Lebensstil. Unserer Familie. Dein Vater und ich haben die *MärchenhafterLeben*-Marke um unser Märchen herum aufgebaut – und ohne den Spiegel würde es keine Geschichte zu erzählen geben.«

Mom hat recht. Schaut euch nur den neuesten Vertrag an, den sie für die Schönste-Spiegel-Kollektion abgeschlossen hat. Ich schulde meine zukünftige Collegeausbildung diesem nervtötenden Stück verbittertem, sprechendem Glas auf dem Tisch.

»Du hast wahrscheinlich recht«, erwidere ich. »Aber er hat so viele Probleme verursacht. Quinn Fairchild hat mich zum Ball eingeladen, obwohl er schon Katie gefragt hatte, und dann hat Katie mir nicht geglaubt, als ich ihr versichert habe, dass ich nicht mit ihm geflirtet habe, und sie und Nicole haben nicht mehr mit mir geredet, und Nicole hat gesagt, dass ich mich verändert hätte, aber auf keine gute Art, und …«

»Oh, bitte, du glaubst wirklich, *du* hattest es schwer?«, wendet Mom ein. »Immerhin habe ich Jacob den Jägersmann nicht gebeten, dich in den Central Park zu schleppen, umzubringen und mir dein Herz als Beweis vorzulegen, damit ich es esse.«

Ich starre sie an und breche dann in hysterisches Gelächter aus. Denn wenn man es so betrachtet, bin ich ganz schön glimpflich davongekommen. Ich musste auch nicht an einem vergifteten Apfel ersticken, sodass Dad und ich weiter im Diner um die Ecke Apfelkuchen essen gehen können.

Mom trinkt ihren Tee aus, steht auf und nimmt den Spiegel mit.

»Ich lege ihn zurück in den Safe«, sagt sie.

»Gut«, erwidere ich.

Als sie den Raum verlässt, schicke ich dem Spiegel in Gedanken ein letztes Lebewohl:

Spieglein, du wirst in den Safe verbannt,
Bis meine Tochter zur Welt kommt irgendwann.
Was sie von dir lernt, werden wir dann sehen.
Nur musst du mit ihr netter als mit mir umgehen.

Kapitel 13

Na schön, ich habe gelogen.

Ich habe Katie den Blumenrock geschenkt, den sie so toll fand, und Nicole das Spitzenkleid, und den *Großteil* des Make-ups habe ich dem örtlichen Obdachlosenheim gespendet. Aber die Wahrheit ist, dass ich ein paar der coolen Lipglosse behalten habe. Und den braunen Kajalstift, der meine Augen größer und geheimnisvoll erscheinen lässt, wenn ich ihn verschmiere. Und ich habe nicht *alle* Kleider weggegeben. Die tolle Lederjacke und ein Paar abgefahrene Stiefel habe ich behalten.

Ich habe versucht herauszufinden, was von Phillipes Umstyling mich gut, aber trotzdem wie ich selbst fühlen lässt. Wie die echte Rosie, nicht wie Spiegelmädchen. Diese Sachen habe ich behalten und den Rest weggegeben, wie ein Einsiedlerkrebs, der sein Schneckenhaus aufgibt, oder wie eine Schlange, die unerwünschte Haut abstreift.

Jetzt muss ich meine neue Haut finden, weshalb ich mit Nicole und Katie im Secondhandladen nach einem Kleid für den Herbstball stöbere.

»Was hältst du von dem hier?«, fragt Katie und hält ein goldenes, mit Pailletten besetztes Schlauchkleid hoch. »Ich find's toll!«

Spiegelmädchen würde es auch toll finden. Es fällt ins Auge. Es ist ein Kleid, mit dem man im Mittelpunkt steht.

Doch davon hatte ich in den letzten paar Wochen genug. Ich möchte etwas Unauffälligeres. Das ein bisschen mehr ist … wie ich.

Ich schüttele den Kopf.

»Ooh, was ist mit dem hier?«, fragt Nicole und zieht ein schwarzes Zwanzigerjahrekleid mit goldenen Fransen am Saum von der Stange.

Ich halte es an mich und schaue in den Spiegel. Es ist cool und anders, entspricht mir aber einfach nicht.

»Es gefällt mir, aber … Ich weiß nicht. Suchen wir noch weiter«, sage ich.

Wir durchstöbern weiter die Stangen, Kleid nach Kleid, bis ich es erblicke. Das perfekte Kleid.

»Das ist es!«, rufe ich.

Es ist ein trägerloses Kleid aus den Fünfzigern mit einem weißen Chiffonrock und darunter einem weit ausgestellten Petticoat und einem eng sitzenden blauen Spitzenoberteil. Es ist Liebe auf den ersten Blick. Während ich zum Himmel bete, dass es mir passt, gehe ich in die Umkleide, um es anzuprobieren.

Mit geschlossenen Augen ziehe ich den Reißverschluss hoch und habe Angst, in den Spiegel zu schauen, habe

Angst, dass ich die Stimme von jemand anderem in meinem Kopf hören werde.

Es passt.

Ich öffne die Augen und schaue in den Spiegel. Ich fühle mich wie eine Prinzessin. Ich fühle mich wie die Schönste im ganzen Land, obwohl ich in der Umkleide eines Secondhandladens stehe und ein Partykleid mit Chucks trage. Aber das Beste an der ganzen Sache ist, dass ich mich immer noch wie ich selbst fühle.

Am Tag des Herbstballs lasse ich mich von Mom zu einem Hand- und Fußpflegestudio schleppen, beim Friseur ziehe ich aber den Schlussstrich.

»Ich verstehe immer noch nicht, warum du gut aussehende, professionelle Strähnchen, gegen die absolut nichts einzuwenden sind, mit einer billigen Haarfarbe vermasseln musstest«, grummelt Mom.

»Ich wollte wieder normal aussehen«, erkläre ich ihr zum x-ten Mal.

»Aber warum muss man es selbst machen?«, fragt Mom. »Man kann auch mit professionellen Strähnchen man selbst sein.«

»Die Schönste im ganzen Land zu sein ist dein Ding, Mom. Da bist du wirklich gut drin. Vielleicht bin ich für andere Dinge bestimmt.«

»Du bist schön, Rosie«, wendet Mom ein. »Und Schönheit bedeutet Macht. Verstehst du das nicht? Das ist zwar nicht fair, aber genau deshalb muss man das Beste aus sich machen. *MärchenhafterLeben.com* ist erfolgreich, weil wir Leuten dabei helfen.«

Es ist, als würde ich die Stimme von Spiegelmädchen hören, die durch den Mund meiner Mutter spricht. Hat Mom ihr eigenes Spiegelmädchen? Vielleicht hat das ja jede?

»Ich versuche auf meine eigene Art, schön zu sein, Mom, okay? Was ist daran falsch?«

Mom, die immer eine Antwort auf alles zu haben scheint, hat darauf offenbar nichts zu erwidern.

»Du wirst es verstehen, wenn du mal älter bist«, seufzt sie schließlich. »Das Leben ist nicht so einfach, wie man glaubt, wenn man jung ist. Es gibt gesellschaftliche Regeln. Erwartungen.«

»Warum können wir die nicht ändern?«, will ich wissen. »Wenn sie falsch sind, meine ich.«

Mom sieht mich an, und zum ersten Mal bemerke ich die feinen Linien um ihre Augen. Aber ich erkenne dort auch die tiefe Liebe, die sie für mich empfindet.

»Rosie, mein Schatz, bleib einfach, wie du bist. Denn du bist bildhübsch, egal, was du im Spiegel siehst.«

Ich umarme meine Mutter, wobei ich darauf achte, weder ihre Maniküre noch ihre Pediküre zu verhunzen, und fühle mich ihr so nahe wie schon lange nicht mehr.

Als ich mich für den Herbstball anziehe, komme ich mir wie eine Märchenprinzessin vor. Ja, ich weiß. Bei meiner Herkunft ist es erst recht ein Klischee, doch als ich das Kleid anziehe, habe ich das Gefühl, dass alles möglich ist. Ich habe passend zur Spitze meines Mieders eine blaue Seidenschleife gekauft und binde sie mir wie einen Reif ins Haar und lasse meine Haare gerade den Rücken hinunterfallen. Ich schlüpfe in das neue Paar weißer Chucks, das ich passend dazu gekauft habe, und drehe mich vor dem Spiegel. Der Chiffonrock fliegt in einem breiten Kreis um mich und schwebt wie eine weiche Wolke auf meine Beine herab, als ich stehen bleibe.

Es klingelt an der Tür. Geheimnisvoller Shakespeare-Typ – ich meine, Ben – ist hier. Dad geht hin. Ich rette Ben jetzt lieber vor der Charming-Inquisition. Irgendwann musste ich ihm dann doch beichten, wer meine Eltern sind.

»Also, Ben, sag mir: Was hast du heute Abend so vor?«, höre ich meinen Vater am anderen Ende des Flurs fragen.

Ich laufe schneller.

»Äh … na ja, ähm … Mr Charming, äh … Prinz … Sir, ich habe vor, Rosie zum Ball zu begleiten.«

»Und …?«

In diesem Moment kann ich mir genau Dads einschüchternde Miene vorstellen. Ich renne und erreiche die Tür, bevor Ben antworten kann.

»Mach dir keine Sorgen, Dad, Ben wird mich nicht küssen, während ich schlafe, oder so«, gehe ich dazwischen. »Stimmt's, Ben?«

Mein Vater wirft mir einen strengen Blick zu. Ben andererseits schaut mich an, als hätte er mich noch nie gesehen. Genauso, wie alle immer Spiegelmädchen betrachtet haben. Als wäre ich wirklich wunderschön.

»Wow, Rosie. Du siehst wirklich ... Wow. Das Kleid ist der Hammer.«

Aus irgendeinem Grund führt das dazu, dass Dad noch finsterer blickt.

Ben hält mir einen Strauß roter Teerosen hin, passend zu seinem ziemlich rot angelaufenen Gesicht. »Ich ... äh ... habe die hier für dich besorgt. Ich hoffe, Rosen sind kein zu großes Klischee, aber sie haben mich an dich erinnert.«

»Nein, sie sind wunderschön«, sage ich.

In dem Moment kommt Mom aus der Küche gefegt.

»Ben – wie wunderbar, dich kennenzulernen«, trällert sie und hält ihm ihre zarte weiße Hand hin.

Ben sieht aus, als wäre er sich nicht sicher, ob er sie schütteln oder küssen soll. Zum Glück beschließt er, sie zu schütteln.

»E-eben-falls, Mrs White – äh, Charming.«

In Moms Gegenwart fangen die Leute häufig an zu stottern. Ich bin an ihr Gesicht gewöhnt, aber andere finden es einschüchternd – es ist einfach zu schön, um wahr zu sein.

»Ivan, kannst du bitte aufhören, Ben böse anzuschauen, und wie wäre es, wenn du dich nützlich machst und ein paar Fotos schießt?«, fordert Mom Dad mit Nachdruck auf, denn er steht tatsächlich wie eine Granitsäule da und durchbohrt Ben mit der ganzen Palette einschüchternder, fürstlicher Blicke.

Dad brummt missbilligend und geht auf die Suche nach seiner Kamera – oder zumindest hoffe ich, dass er seine Kamera und nicht seinen CharmingMaster-15-Reflexbogen holen will.

»Beachte ihn nicht weiter«, sagt Mom zu Ben. »Er neigt manchmal ein wenig dazu, Rosie überzubehüten.«

»Ein wenig?«, pruste ich.

»Warum stellst du nicht diese schönen Rosen ins Wasser?«, schlägt Mom vor. »Ich leiste Ben Gesellschaft.«

Das ist ganz offensichtlich ihr Versuch, mit Ben allein zu sein, damit sie ihn mit zwanzig Fragen löchern kann.

Da ich schlecht sagen kann: »Kommt nicht in die Tüte, Mom«, ohne eine Szene zu machen, stürme ich stattdessen in die Küche, suche eine Vase heraus und stopfe die Rosen rein, ohne auch nur die Plastikverpackung abzumachen.

»Tut mir leid, Blumen«, flüstere ich. »Ich kümmere mich nach dem Ball richtig um euch, versprochen. Jetzt muss ich erst mal Ben retten.«

»Du hast Rosie also im Starcups kennengelernt?«, fragt Mom Ben gerade, als ich wieder aus der Küche komme.

»Ja, und wir waren beide hellwach – und haben über Shakespeare gesprochen, wenn du es genau wissen willst«, sage ich mit Nachdruck.

»Äh, ja … *Romeo und Julia*, um genau zu sein«, sagt Ben. Er klingt merkwürdig, als würde ihm ein Hustenbonbon im Hals stecken.

Zum Glück kommt genau in diesem Moment Dad mit seinem Fotoapparat und nicht mit Jagd- oder Belagerungsausrüstung zurück. Mom macht viel Aufhebens darum, wo wir uns hinstellen sollen, um das beste Licht abzubekommen.

»Mom, es wäre toll, wenn wir auf den Herbstball gehen könnten, bevor er vorbei ist«, grummele ich.

»In zwanzig Jahren wirst du mir dafür danken, dass du ein tolles Bild hast, das du deinen Kindern zeigen kannst«, gibt Mom zurück.

Das hat sie nicht wirklich gerade gesagt.

Ich kann Ben nicht einmal anschauen, aber er läuft bestimmt auch gerade so rot an wie ich. Unsere hypothetischen Kinder werden ein Bild von Leuten bewundern können, die rot wie eine Tomate sind und denken: *Bitte mach einfach das Foto und lass uns endlich auf den Ball gehen!*

Dad schießt ein paar, bis ich irgendwann endgültig genug habe.

»Okay, gehen wir!«, verkünde ich.

»Nur noch eins«, sagt Dad.

»Nein! Es reicht!«, erwidere ich. »Die Paparazzistunde ist vorbei.«

»Viel Spaß, ihr zwei«, wünscht uns Mom.

»Werden wir haben«, gebe ich zurück, während ich Ben unbedingt und so schnell wie möglich vor Dads alles andere als charmantem Blick und Moms offensichtlichen Eheplänen retten will.

»Warte, Rosie!«, ruft Mom, als Ben und ich aus der Tür treten. »Es kann unmöglich dein Ernst sein, auf den Ball zu gehen und diese Turnschuhe zu diesem Kleid zu tragen …«

»Doch, Mom, das ist es«, antworte ich, werfe ihr und Dad einen Kussmund zu und schließe die Tür hinter uns.

Ben und ich sagen kein Wort, bis wir im Aufzug sind und die Tür sich schließt. Und dann brechen wir beide einfach in schallendes Gelächter aus. Wir lachen uns halb tot und meine Augen fangen an zu tränen, sodass ich Angst habe, der braune Kajal könnte bald nicht mehr kunstvoll verwischt, sondern billig verschmiert sein.

»Als du erwähnt hast, dass dein Dad deine Mom geküsst hat, während sie geschlafen hat …«, japst Ben. »Hätte ich mich fast nicht zusammenreißen können.«

»Du hast total verängstigt ausgesehen«, sage ich. »Ich dachte, es würde die Stimmung aufhellen.«

»Ich *war* total verängstigt«, gibt Ben zu. »Dein Dad jagt mir eine Heidenangst ein.«

»Er ist eigentlich ganz charmant, wenn man ihn besser kennt«, erwidere ich, woraufhin sich Ben noch mehr kaputtlacht.

Victor hat heute Dienst an der Tür. »Sie sind ein wunderschöner Anblick, Miss Rosie«, sagt er. »Wenn ich fünfzig Jahre jünger wäre, würde ich Sie zum Ball begleiten.«

»Danke, Victor«, erwidere ich.

»Ich werde mich anstrengen, Sie würdig zu vertreten«, versichert ihm Ben.

»Machen Sie das, junger Mann«, meint Victor. »Tanzen Sie einen Cha-Cha-Cha für mich.«

Als wir raus auf die Straße treten, gibt Ben zu, dass er nicht weiß, wie man Cha-Cha-Cha tanzt, aber dass er es gerne googelt, wenn ich es ausprobieren möchte.

»Ist schon in Ordnung«, beruhige ich ihn. »Ich bin auch mit einem Tanz zufrieden, den du nicht googeln musst.«

Die Kantine ist in Herbstfarben geschmückt – ausgeschnittene Blätter in Rot, Gold und Braun zieren Baumstämme, die an den Wänden kleben, und Heuballen, Getreidebündel und riesige Kürbisse sind kunstvoll im ganzen Raum arrangiert, um das Herbstballmotiv abzurunden. Es gibt heißen Apfelpunsch und alle möglichen Backwaren mit Kürbis- oder Apfelgeschmack.

Katie ist schon mit Jackson Greenleaf hier, den sie zum Ball eingeladen hat, nachdem sie erfahren hat, dass Quinn mich gefragt hatte. Sie wohnen im selben Haus und sind seit dem Kindergarten befreundet. Damals bekam ihre Mutter fast einen Herzinfarkt, als sie den kleinen Jackson auf dem Fenstersims vor ihrer Wohnung im zehnten Stock vorfand. Er war aus seinem Fenster im fünften Stock geklettert, dann die Feuertreppe hoch und den Fenstersims entlang.

Abgesehen davon, dass er ein Freund ist, erfüllt Jackson darüber hinaus Katies Anforderungen an ein Date – er ist süß, und sie sehen auf Bildern gut zusammen aus. Außerdem kann er tanzen, sagt sie.

Mein Date erfüllt diese Anforderungen ebenfalls. Na schön, eigentlich habe ich ihn noch gar nicht tanzen sehen. Aber er sieht toll aus in seinem Anzug mit Krawatte und Chucks, und es macht viel Spaß, Zeit mit ihm zu verbringen.

Der DJ legt »Happy« auf und Ben meint: »Sie spielen unseren Song.«

Ich wusste zwar nicht, dass es unser Song ist, doch von diesem Moment an ist er es.

Wir steuern die Tanzfläche an, und Ben legt mit seinen Moves los, die urkomisch sind und in etwa Ähnlichkeit mit Tanzen haben. Sein langer, ungelenker Körper scheint sich in jede Richtung gleichzeitig zu bewegen, irgendwie abgehackt, aber doch perfekt zum Rhythmus. Er sieht aus wie …

»Oh mein Gott, du *bist* wirklich der Ententanz-Champ!«, lache ich.

»Hab ich doch gesagt!«, erwidert er und lächelt breit. »Bei mir ist genau drin, was draufsteht.«

Ben ist das Gegenteil einer CynCorp-Werbung. Man bekommt genau, was man sieht.

Vielleicht mag ich ihn deshalb. Und das tue ich. Ihn mögen, meine ich.

Obwohl ich in diesem Moment vor allem darauf achte, seinen beim Tanzen umherfuchtelnden Armen und Beinen auszuweichen.

Ist er mein Märchenprinz? Das kann ich noch nicht sagen. Außerdem ist es gerade mal unser erstes Date, und ich bin in der neunten Klasse und habe noch nie an Liebe auf den ersten Blick geglaubt.

Fürs Erste reicht es mir, dass er ehrlich ist, mich so mag, wie ich bin, man mit ihm Spaß haben kann – und er einen heißen Ententanz hinlegt.

DANKSAGUNG

Die besten Lehrer sagen einem nicht, was man tun soll; sie stellen einem die richtigen Fragen, damit man es selber herausfinden kann. Dieses Buch ist Cindy Minnich gewidmet, weil sie genau das getan hat: Ihre Fragen waren der zündende Funken, der schließlich dafür gesorgt hat, dass ich eine Geschichte erzählen konnte, die mir zum ersten Mal vor über zehn Jahren eingefallen war und die ich (ohne Erfolg) auf verschiedene Arten zu schreiben versucht habe. Die Moral dieser Geschichte: 1) Umgib dich mit klugen Leuten, die gute Fragen stellen und 2) auch wenn es nicht gleich beim ersten Mal klappt, versuche es immer wieder und wieder. Und wieder. Und wieder.

Ich bin so unglaublich dankbar für die Unterstützung und Freundschaft meiner Superagentin Jennifer Laughram, der Schwesternschaft der Messinghalskette und von allen Tagungsteilnehmern und -teilnehmerinnen von *Kindling Words East* und *Swinger of Birches*. Ohne euch würde ich völlig vereinsamen und zu einem verunsicherten Häuflein werden. Außerdem würde es meinem Leben an einer Menge Spaß mangeln.

Danke an das wunderbare Team bei Simon & Schuster/Aladdin dafür, dass ihr das Potenzial des Buchs gesehen habt: meine wunderbare Lektorin Aylson Heller, Verlagsherstellerin Mandy Velos, Designerin Laura Lyn DiSiena, und Illustratorin Angela Navarra für das wunderschöne Cover.

Vor allem möchte ich meiner geliebten Familie danken, insbesondere allen meinen älteren weiblichen Verwandten, die mir beigebracht haben, was es bedeutet, eine starke Frau zu sein. Ich möchte auch meinen Liebsten danken, Hank, Josh und Amie, denen ich hoffentlich den Vorteil dieses Wissens vermittle.

Das ist das letzte meiner Bücher, das meine Mutter, Susan Darer, in Manuskriptform gelesen hat, bevor sie plötzlich und unerwartet im März 2015 verschieden ist. Ich höre ihre Stimme immer noch jeden Tag in meinem Kopf. Sie ist ein viel besserer Einfluss als der Spiegel.

Sarah D. Littman, geb. 1963 in New York, lebt mit ihrer Familie in Connecticut. Sie schreibt Kolumnen für HEARST NEWSPAPER und die Website CT NEWS JUNKIE, zudem hat sie bereits mehrere Romane für Kinder und Jugendliche veröffentlicht.

TELEFONIERT AM 02. OKT. 2018

TELEFONIERT AM 02. OKT. 2018
TELEFONIERT AM 02. OKT. 2018
TELEFONIERT AM 02. OKT. 2018
TELEFONIERT AM 02. OKT. 2018
TELEFONIERT AM 02. OKT. 2018
TELEFONIERT AM 02. OKT. 2018
TELEFONIERT AM 02. OKT. 2018
TELEFONIERT AM 02. OKT. 2018
TELEFONIERT AM 02. OKT. 2018